70后实力派·张暄作品系列

母亲的市民之路

Mother's Citizens Road

张暄

山西出版传媒集团
北岳文艺出版社

·太原·

图书在版编目(CIP)数据

母亲的市民之路 / 张暄著. —太原：北岳文艺出版社，2021.1

ISBN 978-7-5378-6026-0

Ⅰ.①母… Ⅱ.①张… Ⅲ.①散文集-中国-当代 Ⅳ.①I267

中国版本图书馆CIP数据核字（2019）第218618号

母亲的市民之路
张暄 著

策 划
续小强

责任编辑
薄阳青

装帧设计
礼孩书衣坊

印装监制
郭勇

出版发行：山西出版传媒集团·北岳文艺出版社
地址：山西省太原市并州南路57号
邮编：030012
电话：0351-5628696（发行部） 0351-5628688（总编室）
传真：0351-5628680
经销商：新华书店
印刷装订：山西人民印刷有限责任公司

开本：787×1092　1/32
字数：110千字　印张：6.5
版次：2021年1月第1版
印次：2021年1月山西第1次印刷
书号：ISBN 978-7-5378-6026-0
定价：59.80元

本书版权为本社独家所有，未经本社同意不得转载、摘编或复制

在鲁迅与我们的眼光之间
——关于张暄的散文

/ 李蔚超

溽热褪去,凉浸浸的。秋后多事,扰得我心神不宁。

"小人物的逻辑和套路,你永远摸不清。"微信上,张暄发来一句。

"作为警察,我提醒你。"又补充。

这等话搁在那儿,不由人不静心琢磨。张暄,"警察叔叔"是也。但我得识张暄,却是在一次山西的小说年会上。一眼望去,无需多言,他的神情里明晃晃闪烁着深长的意味——我是有故事的人,且待下回分解。

于是，开始留心张暄。今天的文学生态圈里，你若对一位作家抱有期待，除了拜读他印成铅字的作品之外，关注他的朋友圈发表的内容，从中窥探他的审美趣味、他的思想倾向、他的生活动向，似也成了一套新的知人论世之道。观察了几年我确认，张暄是一位富有文艺气质的人民警察，一手转发着文青腔调的世界文艺资讯，一边欲盖弥彰泄露出置身社会新闻现场的参与感。作家与学者们谈论张暄的小说，大抵不脱几个范围——有生活，识人心，讲故事。结论出自前提，张暄是一名警察，尽人皆知。他的职业，在旁人看来，意味着独享一笔丰沃的生活经验，如武侠小说里的豪客，涉险江湖，自有智珠在握的资本。这本集子里的《防盗门》便是一例，写的本是家庭琐事，不外是农村来的父母与城市儿女之间生活习惯不同而引发的人生感慨，但是，张暄身怀秘笈，门的故事平添了几分"江湖"气。卸锁的小伙子不信"我"警察的身份，"我"则立刻"亮剑"，互叙行话，提起一位前几年干刑警时抓捕的嫌犯，此犯显见与开锁界有几分半晦半明的瓜葛，由不得开锁小伙子不信。门的故事因此获得了余韵悠然的生命力，不仅事关门内的一地鸡毛，也向门外普通读者未知的世界敞开。

一个验证文学价值的办法是，当你读罢一本书，作品中是否拥有某个细节、瞬间、人物，在未经召唤时浮现在你的脑海里。绅士派头十足的英国批评家詹姆斯·伍德对契诃夫的短篇小说《吻》激赏不已，他称契诃夫为"严肃的观察者"，契诃夫貌似注意到了人物内心所有可能的细节。伍德说，契诃夫深知我们在自己的脑海里讲述的故事才是最重要的故事，因为我们都是内心的扩张主义者，是滑稽的幻想家。也就是说，事实只是客观的表象，而事实在人的脑海中延宕出的感知、联想和样态，才是更重要的。文学的细节不仅仅是生活的片断，它们代表了那种神奇的融合，也就是文学技巧产生出最大数量的非文学或真实生活的拟象，在这个过程中，技巧自然被转换成虚构的、全新的生活。在严肃的观察者的精妙论述后，伍德一如既往地展开了诗意抒情："观察是拯救，是救赎，是把生命从其自身中拯救出来。"

读张暄的整本集子，使我很自然地想起伍德关于细节的精妙言论。写小说时，张暄偶尔动用他的警察秘笈，并屡收奇效。事实上，在中国，自有一脉已成体系的公安文学，迥异于欧洲、港台或好莱坞的侦探小说、警匪双雄及罪案影视，有着承袭中国特色的善恶评判和故事模式，一旦此类公安文学的文学性虚弱不堪，很容易裸露出一幕幕中国社会现实的怪现状，坦率地说，我读此类作品，不乏欲接地气之猎奇心。当我看到张暄这本散文集以《母亲的市民之路》为题时，曾多管闲事地质疑，何不叫《警事随笔》？更吸睛吧。张暄答得老实，这篇《母亲的市民之路》得过奖，与阿来这等大家分享殊荣，编辑认可。其实，作家的心思曲折隐晦，不识趣的人非要追问，只好云山雾绕地玄虚支应着。写散文时，张暄似乎有意反其身在"江湖"之道而行，他宁可写身边的人与事，老父老母，邻里乡亲，同学老师。说实话，这些人与事看似是作家最熟悉的部分，信笔拈来情真意切，便利，容易。然而，比起警察故事，平易生活最难转化为高超的文学作品。文似看山不喜平，平常的人生故事，如何激得起挑剔读者的审美好奇心？若有意离奇，过度抒情，可也骗不了读者，人人拿着各自的生活做验金石，糊弄不得。

然而，读过张暄的这本散文，许多细节在脑中缠绕蔓延，不由人不静心琢磨。张暄大多以温煦平和的态度讲述世俗人生的故事，呈现平常人的心境，他深谙中国人的情感表达方式，语浅情深，乐景悲情，七分留白，越是令人侧目心惊的苦，越用平静的心眼去看待，用冷静老成的语言叙述。他最拿手的文学技巧是准确，不肥不瘦地描写，不过不亏地抒情，有时他的准确显得冷酷无情，如同伍德标榜的好作家一样，张暄是生活的严肃观察者。唯有严肃的观察，才能救赎他和他生命中的人。

你会发现，集子里，张暄勇气可嘉地挑选一类独特的人物检视他们的人生，疯子和傻子。城市生活让我们过早失忆，我们有意忘掉少年时代乡村或老城区里的疯子、傻子、光棍、残障人，正如城市让我们选择性失明，前几年有人在网上讨论，大城市里还有穷人吗？当然有，我们只是视而不见。张暄回到乡村，回忆往事，他要记录他生命中见证过的特殊生命，

"我明白疯和傻确是不一样的。傻是缓缓流淌的河流,疯则是翻江倒海,其中蕴含了惊人的力量。"纵览某个人物的一生,在真实生活中,类似机会不可多得,而文学常常不怕冒失孟浪,作家视检视人物的命运为职责。疯子与傻子一生中唯一能唤起旁人柔软的同情和怜惜的喟叹,便是死亡的来临,而张暄愿意冷静准确地检视疯与傻的"历史过程"。

散文不同于小说。小说是关于故事的故事,俄式套娃,读者和小说家都知道,小说一贯故弄玄虚以假乱真,叙述人与小说人物里应外合,真真假假,一团迷障。散文的叙述人不能虚,说散文读的是作者的见地和生活广度,其意在此。张暄散文的叙述语调让我印象深刻。很多时候,他似乎甘做一个和事佬,不偏不倚。如同我打了110报警,警察到现场,纵使我喊冤抱屈主动求援,警察也断不会偏袒我,更不会急于给谁定罪,最大的可能性是息事宁人。仔细想想,正如时间视生命为平等,法律的前提是置人的尊严于平等,然而,这平等绝非天随人愿,势必是社会共识之下底线意义上的平等。作为警察的张暄,在我看来,于他的职业之与他作家的身份而言，更内在的影响也许就在于"底线"思维。

张暄曾对加拿大女作家门罗的小说的腔调遥致敬意，他称之为一种"不卑不亢的语调"。于我们这些有幸与张暄接触过的人来说，颇有经验主义的违和感。批评家刘芳坤心直口快，忍不住质问起张暄，为什么不动用自己幽默的方言书写来展现人性的"小恶小困"？也许芳坤还是客气了，也许她的言下之意是，四平八稳的和事佬无法穿透令当代人疲乏无力的现实，现实生活中已有太多的不得不的四平八稳，难道文学也要纵容"平庸之恶"，任生活的逻辑侵蚀所有的想象和超越么？山西前辈批评家傅书华读张暄小说读到三分入骨，他说，张暄的小说，乃是对当下变动不居的时代生活"价值权衡的不定把握"，偏爱以涉世不深但身心相对健康的人物视角，看取、评判以刑事领域为载体的极端的社会病态，及社会病态中存在着的恶与黑暗，傅老师秉持历史主义的批评眼光，认为这是"70后"一代人的普遍性的价值观。

我理解和支持批评家们的观点及出发点。但是，我要说的是,作为散文的叙述人张暄不是什么异己,张暄是"我们"。他反复确证着我们主流社会的价值准绳和道德标尺,他用"我们"的眼睛去看各色人物,特别是世道时俗呼为"小人物"之流,"不合时宜"之辈。张暄谨慎克制地描写了不得志,情商低,惹人烦的人物,他们的故事,呼应着"可怜之人必有可恨之处"这一广泛通行的社会共识。同学沈宽阔,临时工陈钟,整部集子里我最喜爱,或者说最触动我的,是张暄写下的可怜人的故事。

顺着张暄的眼光看待那些命运多舛的小人物,我们也许会模糊地想,自己在何种意义上是残忍、冷漠和自私的?张暄越是冷静,越是准确,越是克制,我们于心安理得的共识状态下越是生出疑心,可怜之人究竟是如何沦落为可怜的境地?疯既然分为先天的疯与后天的疯,这疯、可怜、不合时宜究竟是哪里出了问题?

我不得不想起鲁迅。我所生活的院子里,有形态各异的鲁迅雕塑与画像,使我时刻笼罩在鲁迅沉郁凝重的目光里。读张暄的可怜人,使我不得不想起祥林嫂、孔乙己、阿Q，想起鲁迅看向他们的眼光。站在岌岌可危的旧世界和未知的新世代之间，肩起黑暗的闸门的鲁迅，批判所谓的"国民性"愚昧、软弱、奴性，但他更加凶狠地批判背后的权力传统，鲁迅是哲人，他不会忘记反身批判叙述者、言说者和思考者，他要革自家的命，要让自己的软弱、腐朽从叙述人的眼光里暴露给读者与世界。中国文学顺鲁迅而下，开启了"眼光向下"的革命。文学的基因给予了每一位优秀中国作家一双鲁迅式的眼睛，每个人都不得不透过他的眼睛看取他曾经看过的可怜人，张暄也不例外。

福柯说，我们这一季的文明，建立在将个体内部深藏的真理用语词表达出来，实现人与人之间互相治理。福柯特别指出，当内心状况为言辞说出来而变成可见的事实时，人会羞愧；藏在意识阴暗处的诱惑性和欺骗性，因暴露在众目睽睽之下，人也会羞愧。忏悔就是通过言说将意识的"秘密"持续不断地外在化，并因此获得了羞愧感，这是基督教基础上建立的现代社会的基石。

再没有比文学更充分地讲述了，讲述中暴露出作家内心的秘密，我说，张暄的眼光是我们的眼光，他暴露的便是我们共同的隐秘。然而，对于那些社会共识，张暄不像是真的信，他将信将疑，他信也不说，他的眼光在鲁迅与我们之间摇摆迟疑。在迟疑与摇摆之间，光滑的共识上裂出了一道缝隙。这是读张暄给予我最大的启迪。

目录

母亲的市民之路 /3

同学沈宽阔 /30

与老樊闲坐 /45

女教师 /50

临时工陈钟 /59

生逝无依 /81

邂逅 /88

物的叙述 /93

吃食忆旧 /104

防盗门 /115

自行车 /122

在大学图书馆的楼顶上 /132

原平笔会札记 /141

世相三题 /144

读书随笔三题 /152

警事随笔三题 /162

人生与文字的攀升 /172

女性日常经验的深邃表达 /182

后记 /190

由此出发。借何抵达?

母亲的市民之路

一

我大概五六岁的时候,父亲决定为家里盖房子。不是像村里大多数人家那样一盖就三间或五间,而是在现有的三间老房基础上,加盖两间,新旧连为一体。

那是二十世纪八十年代初期,大家手里都没什么闲钱。盖房子的主要功用,通常是给儿子娶媳妇做准备。只要谁家有男孩,除非父母预计着把孩子送给别人家做上门女婿,修房子必定是盘桓心头多年绕不过的大事。所以,村里一旦有人盖房子,乡亲们便会热心地招呼:给孩子盖房子了?

听着别人这样问父亲,我感觉很滑稽,我这么丁点儿年纪,要房子做什么?

根基下好，先搁置了一段时间，备钱备料。一天晚上，父亲从工厂回来，兴奋地让我们拿纸笔，画了一套房子的构图，并煞有介事地说，咱家的房子就盖成这样。

父亲画的房子，迥异于我们通常见到的里面一笼统的那种。房子内部，被分割成几块，做饭的、睡觉的、活动和待客的等等，互不干扰，各有功用。最让我们惊奇的，是茅厕也安在家里。我们就惊呼，那多臭啊。

记不得父亲怎么回答这个问题了，只知道，我们空兴奋了好长时间，房子最后还是盖成了最普通的那种。而且由于钱已用尽，院墙都没打起来。房子里面，土坯也没泥好，豁豁牙牙的。

两层楼，楼板却没"棚"起来，抬头，屋顶的檩条和椽一览无余。没事的时候，我就抬头看屋顶的花梁，上面有父亲的名字、木匠的名字，还有我的名字——这么说，房子真是给我盖的？

其实，父亲当时就是那么一说，纯粹逗我们玩的，却让我们憧憬良久。多年之后我才知道，父亲画的那种房子叫单元房。而当时，父亲所在工厂第一次盖起了那种单元房。父亲把他的惊奇搬回家里，让孤陋寡闻的我们有了更大的惊奇。

单元房似乎是后来的称谓,当年大家都把那种房子称之为家属房。说是家属房,并不是给普通家属住的。里面住的都是所谓的"双职工",夫妻双方都有工作,且在一个单位,生活滋滋润润,光看那种步伐做派,就让人羡慕得不得了。

父亲是单职工,房子自然没份。但单职工只要家属是市民户的,也有可能分到房子。

可母亲连市民户也不是。

当年这种单职工家庭很多,夫妻两地分居慢慢成为习惯。孩子们呢,都随母亲落户,在乡下上学、务农,除非考上学校、招工或接班,农村户口伴随终生。

上学时,一年有三个假期:麦假、秋假和寒假。麦假很短,收完麦子就结束了。秋假和寒假稍长点,闲暇时候,父亲便会带我去工厂小住几天。那几天的最大好处,是吃工厂食堂里喷香的饭——两毛钱的肥肉片,打到饭盒里就令人心花怒放——那种香,和家里简直不可同日而语。

我就问父亲,你们怎么能吃这么好的饭?父亲说,我是市民户啊,国家给我分粮食。父亲还说,你妈要是市民户,你就能住上家属房了。我跟父亲去过他双职工同事家,那种房子果然很好,和小时候父亲画的一模一样。而且，厕所真的在房子里，解完手，一冲就完事了。

我就想，母亲要是市民户多好。

我甚至想，为什么父亲当年娶了母亲，如果父亲找个市民户给我做母亲，那我们不就住上这种令人艳羡的房子了？少不更事，尚不知道家庭的因果逻辑，幸亏没照直和母亲说。

但母亲自己，也是一直有市民情结的。母亲当年找对象，发誓要嫁一个有工作有文化的人，这个算是如愿以偿了。他们结婚时，父亲在长治工作。婚后，母亲就跟随父亲到长治，带着姐姐住在一个只有半间大小的工棚里。父亲一个月二十多元工资，除雷打不动寄给乡下的奶奶十元，还要给母亲交村里所谓的"投资款"（你不随大队参加劳动，那就得交钱），剩余的钱，根本维持不了家用，于是母亲就出去打零工。她在酱菜厂腌过咸菜，在制衣厂锁过扣眼，干过许多出力不挣钱的活。饶是如此，经济仍捉襟见肘。困顿时，只好接受一些好心人的救济，比如他们孩子穿旧穿剩的衣服什么的。这些好心人，都是父亲工厂的同事，都是双职工，市民户。无论在哪里，父亲的人缘，一直就好得没法说。现在偶尔谈及当年的岁月，母亲总是感慨谁谁谁真是好人啊。这些谁谁谁，自然都是接济过母亲的人。

再后来,我出生了,生活更没办法维持了,母亲只好带我们姐弟俩回到乡下。生活困顿再加上和婆家关系不和,母亲郁郁寡欢,病痛连连,一年总有一段时间要抛下我们出去瞧病。倒没敢想着自己能变成市民户,但逃离那个村庄,成为母亲始终的梦想。

这个梦想终于实现了。一九八七年,姐姐考取了中专,农转非,成了我家第二个市民户。我呢,在同一年升了初中,学校就在父亲工厂所在的镇子里(一九七七年,父亲与人对调,从长治回到了原籍晋城某电厂上班,工厂离村子二十余里)。这样,村子里只剩母亲一人,她索性跟随父亲到厂里去住,疾病居然不治而愈。

后来姐姐做了医生,她说母亲是"情志致病"。父亲常年不在家,母亲又生性敏感多忧,生活自然比常人艰难得多,精神抑郁,久而成疾。离开了那个环境,心情舒畅了,病自然就好了。

二

虽搬出了村子,地还得种着,要不单靠父亲每月分的几十斤粮食,根本不够吃。倒也不是太麻烦,春耕秋收,他们一道回去,在村里的亲戚好友的帮助下忙活几天,一年的口粮就绰绰有余了。这种时候,如果我在假期,也跟随他们回去,一边做作业,一边帮点小忙。

回家之后第一件事是生炉火,我便和久别重逢光屁股长大的小朋友一道捡柴,这成了一年几次必修的功课。

他们一股脑儿将打下来的粮食,存放在父亲工厂所在镇子的粮店,换成一张存簿,随吃随取。结果呢,粮食越积越多,都吃不了了。后来,他们干脆不种秋粮,光种麦子。

那已经到了二十世纪八十年代末期,商品经济越来越发达,没有的东西可以买。

再到后来,连麦子都不需要种了。一则父亲单位效益好,每年发福利,大米白面成袋成袋的,过年发了,中秋还发;二则姐姐参加了工作却尚未婚配,分的粮食也拎回家里;三则粮店里的存粮还很多,前两份不够,可以靠这个来补充。于是,父母把老家的地交给亲戚,事先说好,一旦粮食不够吃,也许间隔从他们手中把地拿回来,种上一季两季。

但只是这么一说,因为后来根本不存在粮食不够吃的问题。一九九六年我参加工作后,每年分的粮食更多,自家吃不了,还送亲戚。直到前几年,社会发生了一些变化,单位不大像以前那样发粮食了,我家时隔十余年才第一次遇到粮食不够吃的问题。二〇一一年某月某日,我开车到父亲储粮的那家粮店,拿出一九九三年(那应该是我家最后一年种粮)的存粮本,把粮簿上最后一袋面取光。帮助取粮的老头说,也只有他们这粮店能开这么多年不倒闭,要不,这些粮食哪里去取?

这本粮簿,我保存了下来。风雨流变,它蕴含了诸多意义,值得把它当作一件藏品。

这是口粮,还有房子问题。原先,父亲住的是职工宿舍,两人一间。正巧父亲的舍友工作调动,搬离了这个宿舍,父亲就占据了整个房子,让母亲搬了进来。我原先住校,因为母亲来了,也回到厂里吃住。我的一个表哥和我同班,自然也随我一同回去。姐姐一放假,也回到这里。于是最多的时候,家里要住五个人。

所以,不大的房子里摆的尽是床,还有一张供我们做作业的桌子。再就是一个煤油炉,两只床头柜用来放案板,整个屋子满满当当的,转身都很困难。也不单我们这样,整栋职工楼里,这种状况很多。记得有一次,那是一个夏天的夜晚,父母出去看电影,我和表哥做完作业准备洗漱睡觉。我起了懒心,决定不洗脚了。表哥学我,也没洗。父母回来后,被我俩的脚臭快熏吐了,倒是没叫醒我们,但父亲第二天起来大发雷霆。

这样勉强过了一年。我上初二时,母亲心里有了小九九,她想上班,就在父亲厂子里上个临时班。这是生活的需求,也是尊严的需求,再往根子上说,是虚荣心作祟。因为即使上临时班,在工厂里也是很有面子的——单职工家庭那么多,不是谁想上个临时班就能上到的。

父亲一生没混个职务,这里有许多原因,留作后话。但父亲影响力还行,他和车间主任一说,正好有个机会,这个机会便给了母亲,每月工资五十元,其他什么待遇都没有。母亲很知足。

那是一九八八年。

三

母亲工作的场所在父亲厂子五里外的山上,那里有一附属工地。一块凹地被一条大坝拦了,工厂的废渣废水混合了通过管道排在凹地里。工地旁边,盖了几间房子,母亲被吸收为这里的临时工,负责看守大坝。于是,为了那五十元的月薪，我们一家搬到了山上去住。

当年到山上看守大坝的，并不只我们一家，还有老贺，父亲的同事和朋友。不过他是一个人。

老贺老早就得了一种大概是神经系统的怪病，身体整天不舒服，但无药可救，几乎不能正常工作。他基本是个可爱的人，络腮胡，短短地露出黑青的茬子，手摸上去刺刺的。那种感觉很新奇，很过瘾，惹得我老是忍不住去摸，他也不以为忤。他每天不停地用手摸头，摸至习惯，有时居然手不触头，似乎仅靠那样的动作便能缓解疼痛，这被我们传为笑柄。厂里照顾他，让他到山上负责。说是负责，其实根本无事可干，但工资一分不少。说到底，作为临时工的母亲，就是在人家的领导下工作。

山上的房子一溜四间，我家两间，老贺两间。虽说并不宽敞，可总比在厂里住职工楼好多了。

大坝既丢不了，又塌不了。因为确实没什么事，老贺便经常回家去住（他也是单职工，老婆在乡下）。到发工资的时候，他就来住几天。母亲为此愤愤不平：他老贺来都不来，凭什么每月就能挣几百块钱，还有各种福利。我整天待在这儿，却只能拿五十块钱，每月连块肥皂都没有。

还有，他一个人就住两间房子，而我们一家才住两间。父亲说，谁叫你不是正式工、市民户。

尽管母亲经常因一些琐事和老贺发生点小摩擦，但我们两家关系基本算亲近的。有一天下午我从学校回家，父母都不在，而我还要返回学校上晚自习。老贺就动手给我做饭，吃的是茄块饸饹，茄块用尖椒炒过，辣得人直唏嘘舌头，却很可口。三十年过去了，如今我炒茄子，总要加入尖椒，就是受他这顿饭的影响。他甚至敢和我数落母亲的不是。他说，孔老夫子说了，女人也，小人也，头发长见识短也。后来我才知道，孔子根本不是这样说的。

门口有许多空地，父母便辟为菜地，种西红柿、青椒、土豆、西葫芦和金瓜。金瓜这东西很好，既好吃，又好长，还好放。春天丢几颗瓜子，不需管不需顾，秋天就能收获一大堆，整个冬天都不烂。收获的金瓜放在院子里，靠墙排列，随吃随取。当然主要是我们吃，有时父母也谦让老贺吃，他也不客气。

但吃得多了，父母在背后便有微词。

瓜怕雨淋，干不透便沤烂了。一次大雨将倾，父母赶紧往家里收瓜，老贺看见了，也赶紧帮忙收，谁想他收到了自己屋子里。这下父母有点受不了了，可也不能明说。

忍了许久,在母亲的撺掇下,父亲终于旁敲侧击地对老贺说,明年春天,你也往地里丢几颗瓜子,又不费多少事。老贺黑青了脸,天晴后,他又把瓜从自家屋子重又挪回了院子里。

说到底,两家情况基本一样,过得都穷,所以什么都在乎。老贺的两个小子,都早早不念书了。我们居住的山下,有几家铁厂,老贺便把大儿子弄来到铁厂打工。打工打了一段时间,该结婚了,大儿子就回去,二儿子再来。

大儿子虎背熊腰,却是个闷头葫芦。他很有一把力气,一次下雨,山路泥泞,我的自行车轮胎被泥糊得转不动了,一筹莫展之际,正巧碰到下班的老大,他二话不说一把拎起我的自行车就走,步履稳健。

他没事的时候就看书,《今古传奇》什么的。我们全家都喜欢老大。

因为有了老大的对照,老二在我们眼里就显得不堪了。这种不堪,被父母归结为几点,最后集中到一点,就是没礼貌。在山上,因为风大,所以院子的大门总是从里面闩着。老二下班回家,也不叫门,径直用自行车的前轮胎撞,咚咚咚,不开门不罢休。因为老贺很少在家,开门的只能是父母。这让父母很生气,很心烦。又终于忍不住了，父母就逮住机会向老贺陈述了他儿子的恶习，说不定还上纲上线了。

说来也巧，就在当天，我从学校回家（我回家很少，一周一次）。回去后，为图方便也习惯性地用自行车轮胎撞大门。大门未开，老贺怒气冲冲的话就从门缝传出来：以后不能叫门啊，非用车撞！一开门，见是我，收敛了怒气一声不吭回去了。看他这副表情，我很纳闷，这个老贺叔叔一向不是这样的啊。一进屋，父母就既恨又笑地责骂我，说我不争气，刚撂给老贺的话，砸自己手里了。

这说的是磕磕绊绊，更多的时候是其乐融融，比如一起看电视，一起聊一个什么事情。毕竟，父亲和老贺曾经是朋友，也一直是朋友。他们住单身宿舍楼时，是斜对门，每天相互在对方宿舍里厮混。说到底，是因为母亲夹杂了进来，关系的性质稍稍发生了改变，但不影响大局。

当时我们两家去山上，厂里配发了一台十四英寸的黑白电视机，这可是一桩了不得的事情。我觉得这是母亲做临时工给家庭带来的最大益处，让我家"拥有"电视的时间提前了好几年。因为老贺经常不在，电视机平素就放在我们家。老贺偶尔来了，就待在我们家看。偶尔父母觉得过意不去，就建议电视机放在老贺家，老贺通常推却，但也有搬过去的时候。搬过去后，我们一家就在老贺那边看。

到了夏天，电视机就搬到院子里。我们居所附近，有几座煤矿，矿工是一干浙江或福建人。电视吸引了大批矿工，一到晚上，他们不请自来，或蹲或站，在院子里瞧节目。这时呢，我俨然就是电视的主人，看什么台我说了算。那个调台的旋钮我扳来扳去，他们就随着我的兴趣走，毫无异议。居然每个台的节目都能让他们高兴。

母亲觉得不能让他们白白看电视，于是就提出小小要求：你们矿上不是木料多嘛，把没用的拿几块来，我做块案板。结果这个拿一块，那个拿一块，木料堆了一大堆，打套家具都够了。母亲当然不是做案板，反正就是觉得木料有用，找那么一个借口囤点东西，便宜不占白不占。再后来，她让父亲找了辆车子把这些木料运回老家，堆满屋子的一个角落。去年收拾老家的房子，这些木料还在，我觉得这些东西根本不会有什么用场，便让村里的亲戚拉走了。母亲听说后，惋惜不止。

不顾一切地往家收罗东西，管它有用没用，是母亲的习惯与爱好，也一直为我们所诟病，但她乐此不疲。

想来那时的社会治安真好，我们一家孤零零地住在山上，愣是平平安安地待了好多年，别说杀人越货，就连小物件都没丢过。后来我做了警察，见证了无数血腥事件，觉得我们能够逃脱那些潜在的危险，真是侥幸。

四

终于有一天，煤矿的巷道拱到了房子下面。随着地下一声炮响，山墙上突然裂了一条大口子。再住就很危险了，容不得多想，父母和领导打了招呼，重又搬回了厂里。

那是一九九一年。

当时父亲已从车间调到了厂劳动服务公司。劳动服务公司，负责工厂主业之外的三产经营及职工福利保障。公司大院里，有两排简易工棚，虽砖瓦结构，但墙体薄得要命。我们占据了两间重新安家，每间比山上的还要小一点。举手投足，更加逼仄。

也只是小那么一点，按说和山上比起来也没什么大不同的。问题是，我的"心大了"。或者说，因为我人大了，所以"心大了"。在山上后期，我已上了高中。班上，就有山下那个村子的同学。每次回家，我总避开和那个同学同乘一辆车，为的是不在同一个地方下车。他们知道我家在电厂，说不定想着有多么荣光呢，竟不知道是这么荒僻的地方，还这么小的房子。

这是虚荣心，也是每个人成长过程中都可能出现的可怜的自尊。

就两间房子，所以怎么排列组合都令人不满。一日三餐，做饭是大事，一间房子先得辟作厨房。一日两觉，睡觉也是大事。我和姐姐都已不是孩子，一家人，不可能在一间房子里睡，所以厨房里另放一张单人床。饶是如此，却总有别扭之处。这种别扭，仅在家庭内部，靠那种融融亲情总能化解。让我们难堪的，是如何面对外部，也许他们并不十分关心，可我老是担心他们会疑惑，我们一家人怎么安排睡觉？

更要紧的，姐姐已经到了婚嫁年龄。这样的家，如何迎接女婿登门？姐姐容貌不差，工作又好，我们的居住情况，却让她的整体条件大打折扣，虽然影响尚不明显，却总让人怀一块心病。

因为这个变动，本已是临时工的母亲宣告"失业"，为此她耿耿于怀。好在一年以后，父亲又为母亲寻得一份工作，门卫兼整个公司大院的卫生，工资每月一百二十元钱。

不要看着钱多了，物价涨得更快，总把工资抛在后面。

和山上不同的是，母亲有了平生第一次福利。服务公司就是为职工发福利的，近水楼台。虽说临时工对半，也让母亲很高兴了。

卫生好打扫，门卫却不好做。公司经营了一大批卡车用于拉煤。一天二十四小时都有车进进出出。出，开大门，关大门；进，开大门，关大门。门房里就放了一张桌、一把椅、一条长凳，连张床都没有。如果上夜班，打瞌睡也只能坐着打。仅一年，母亲的眼圈周围就变得皱纹重重。

假期时，我曾经帮母亲值过夜班，那种寂静与清冷深入骨髓。后来我做警察，每当工作熬夜的时候，就总想起那时候的母亲。

现在说说父亲。父亲是老三届，当年所谓的高才生。他从村小到公社高小再到县初中、市高中，后被省山大附中以滑翔员招走，作为人民解放军空军后备力量重点培养。十九岁入党，进入校"革委会"，在学校已能叱咤风云，突然一夜间，近在咫尺的辉煌前景哗啦成了碎片。还好找了一份工作，靠着他的才能，很快便在厂里站住了脚，却因为两地分居调动了工作，来到这个电厂。这个厂派性严重，电校生抱作一团，党同伐异，排挤一切"集团外"有能力有魄力的人,父亲深受其害。

这样的外部环境,偏偏又遇到了父亲刚正又固执的个性,所以,他的才学、魄力和能力,只能让他永远做挂在宣传栏上的劳模,却不会给他一官半职。他给家庭的好处,就是那一次次去省城开表彰会回来作为奖励的铝锅、床单、被罩,还有一厚摞奖状和荣誉证书。

突然有一天,社会上兴起买城市户口,那种风靡一时的蓝印户口,五千元一个。母亲便央求父亲买一个。父亲说,以前转市民户,是为了分供应粮,现在咱们粮食足够吃。你没看,买户口的都是年轻人,为了当兵、招工什么的,你这么大年纪了,又不当兵,又不招工,买户口做什么?

母亲虽然怏怏不悦,到底同意了父亲的看法。

关键是,他们都知道家里有多少余钱。五千元,在当年,在我们家,那算一笔巨款。

值得一提的是,那几年,我家总算有了第一笔银行存款:六百元。

一九九三年,我上了大学,成为我家第三个"市民户"。上大学的几千元钱,是父亲找亲戚朋友东拼西凑借的。

姐姐的婚嫁迫在眉睫,房子仍旧是全家人的心病。大学第一个暑假,两个同学突然误打误撞来找我玩。他们虽什么都没说,我们的居住条件却让我窘迫,也让父母窘迫。

那几年,父亲也不知冲撞了什么,反正是流年不利。一方面身体不好,患了很严重的颈椎病,腿不听使唤,上台阶时,觉得抬够高了,其实还差一点,结果啪嚓摔倒地上,于是颈椎病变本加厉。另一方面心情也不畅快,老受单位领导排挤。他过劳动服务公司,是起先的经理看中他的工作能力,把他从车间挖过去的。这个经理也是一个电校生,但和同是电校生的当权派略有分歧。他想让父亲过去担任副经理,自然没得到应允,只好任命为办公室主任,算他一个大管家。听着叫主任,其实没有什么级别,不受厂里承认。服务公司算个好单位,这个职位很快就被垂涎已久的别人占了。他被挤走后,父亲的处境更加艰难。

有一段时间,父亲大量脱发,脱到头发所剩无几。我便用生姜帮他在头上擦。生姜效果还不够好,便用白酒泡朝天猴辣椒帮他擦,硬是让他的头发长了起来。

父亲终于在服务公司待不住了,便主动去了别的地方。

但母亲仍是公司的临时工,一些人便把矛头指向母亲身上,对她的工作故意挑剔,没事找事。一次,一个副经理在指责母亲时,母亲委屈得受不了,打电话告诉了父亲。父亲怒气冲冲跑过来，当即和这个副经理发生了严重的争执。父亲已经抓住了他的领口，要不是大伙儿拦着，那家伙几乎要被痛揍一顿。父亲准军人出身，年轻时体育十项全能，凭他的功底，揍那个家伙不成问题。

何况还有压抑许久的怨气和怒气。

当时我正好在家，见证了这一幕。我无法从客观的角度判断这个家伙是否该打，但我当年认为他的确该打，即使现在也认为他该打，谁叫他惹我母亲，惹我家？如果父亲吃亏，说不定我也会扑上去。

后来父亲说，其实那个副经理还不算公司最坏的，不过谁叫他不长眼，撞在了枪口上。活该！

这个事情以后，那些人对母亲的态度收敛了许多。

因为颈椎病，父亲每年都要在姐姐所在的医院治疗一段时间。一次住院期间，姐姐说她一位朋友家的房子要卖，四万多元——他们斗胆设想在城里买一套房子。

这个念头一旦出现，他们就按捺不住了，决定将这个想法变成现实。于是，父亲便在医院分别给他几个算是有钱的朋友打电话。这次借钱，再次证明了父亲的人缘，他们都答应借给父亲，最大的一笔八千，最小的一笔也有五千。那时还不兴打借条，父亲便委托母亲分别去取钱。

最后，还差几千元，父亲和母亲想到一家有钱的亲戚。这个亲戚获悉父母的想法，风风火火赶到医院。他嗓门很大，所以说出的话更加不中听："我倒是可以先借给你们这笔钱，但我儿子明年就要完婚，那时你们可得还上。问题是，你得考虑你有没有偿还能力？"

一个"偿还能力"，让父亲打了退堂鼓。房子终是没有买成，父亲让母亲把已借到手的钱分别退了回去。

这个事情，给了他们一个共识：亲戚不如朋友。很长一段时间，父母都把这句话挂在口上。

厂里新盖了一栋家属楼，一批双职工搬到了新楼，这样便空出了一些旧房子（这些旧房子位于老家属院，虽说是平房，但内部是单元房设计），重新分配。分配的条件是，首先是双职工（主要是新进厂没分过房的年轻夫妇），其次是副科级以上的职工，再次是家属为城市户口的单职工。

母亲当即埋怨父亲，前几年让你买户口你不给买，这不，分房了，没份！

父亲的愤怒却不在这里。前不久，曾经和他一道在车间工作的同事升任厂长，他知道父亲的能力，想把父亲直接提拔为一个车间的支部书记（正科级），上会研究时，被一个副厂长坚决搅了下来。

其中缘由,父亲一时也说不清。应该说,父亲曾经和这个副厂长一度走得很近。我小时候第一次从内部见证家属房的结构,就是在他家。

若干年后,此人罹患恶疾,父亲说,这是器量所致,他素来容不得人。

不管怎么说,父亲失去了分房的条件。但这一次,父亲出离的愤怒了,他去找厂领导理论。他说,我曾经在最艰苦的车间、最艰苦的班组干了那么多年,我曾经一次次地当全省电力系统的劳模,你们就这样对待我?如果不给我房子,从今天起,我就去告状!

他的愤怒显示出一种玉石俱焚的决心和力度。终于,领导害怕了,也心软了,把最后一套房子给了他。

这些事情发生在我上大学期间。后来父亲描述这个事情时,我认为他们是害怕了,但父亲说是心软了。他说,毕竟厂长和我一道工作了那么多年,所有苦活累活都是我给他扛着,他能不顾及一点情意?父亲到底是个善良的人。

房子也就四五十平米,两室一厅外加一个厨房,内外都破旧不堪。父亲找人把内部粉刷了一遍,姐姐亲自去挑了一套不值钱但很漂亮的家具，一摆，还真像那么一回事。

在这所房子里，姐姐和我先后结婚。父亲堂堂正正、风风光光地把闺女嫁了出去，把媳妇娶了回来。

物质生活，毕竟是人的底气，不服不行。

母亲仍旧做临时工。新居所离服务公司有几里地，母亲不会骑车，每天步行上下班。

直到一九九六年我参加工作，母亲才决定不上班了。辞别工作的那段日子，母亲兴味索然。她已虚岁五十。她知道，她此后的人生，再和"工作"无关了。

五

人生的诸多隐痛，就是某些永远无法实现的梦。认命了，反倒心安。

从此后，母亲踏踏实实做一名家庭妇女，侍候还在上班的父亲，期待周末我们回家，给我们鼓捣好吃的饭菜。

一九九九年，姐姐单位团购房子。此前，姐姐姐夫已经在别处买了房子。我已届婚龄，父母当即决定以姐姐的名义为我把这套房子买下来。

这次,他们甚至没有鼓多大勇气——家里花钱的人逐渐变成了挣钱的人,短短几年,他们就有了些积蓄。

又过了两年,社会上突然又兴起了小城镇户口。规定说,只要在城镇周边有固定收入有固定住址的农户,均可申请转为非农户口,而且,几乎没什么花费。因为父亲所在工厂就在城镇周边,且像母亲这种状况的家属很多,所以厂里统一组织办理。

这次可不能错过机会了,于是,花了不到二百元钱,母亲转为城市户口。事情来得这样简单,又这样突然,不要说母亲没想到,连我这个在公安局工作的都没想到。母亲终于成了我家最后一个"市民户",圆了她大半生一提起就放不下的梦。

最后一道手续,是回原籍迁户口。当时我正巧在原籍派出所办理一桩案子,当时好像还差一道什么无关紧要的手续,我和户籍警打了声招呼,先把户口给办了回来。后来,母亲每逢和人说起自己户口的来历,总把因为我工作关系带给她的这一点便利挂在嘴上,似乎这样更让她荣光,更让她心满意足,就像原本不错的饭,又加了一味好作料。

一顺百顺事事顺。办户口是上半年的事,下半年,厂里突然要分配新修的两栋家属楼,因为母亲成了市民户,所以无可争议在分房之列。

这是真正的单元楼。由于父亲的资历,他们分到了最好的楼层,二楼。

那首歌怎么唱的?"也许一切太完美,感觉像在飞,原来快乐的感觉,也可以有泪",母亲真是高兴得落泪了。

在新房里住了三年,父亲退休了。父亲退休之时,也正是我儿子入学之时。或者说,我们迫不及待父亲退休,因为我们需要他们帮忙。他们只好锁了他们的新房子,跟随我住进了城里,接送孩子。他们说,到周末和假期他们回去。但我们夫妻工作都忙,很少有像样的礼拜天,所以他们只好这样持续地住下。结果,一住就是十年。

他们的新房子,也锁了十年。

十年里,不断有人建议他们把房子租出去。他们起初推脱说,说不定哪天就要回去。后来,我们夫妇又买了新房子搬出去另住,连他们自己都承认,也许此生不会再回去了,还是不计划把房子租出去。

我了解他们,房子是他们的宝贝,他们容不得任何"侵犯者"。他们说,那么雪白的墙,别人会爱惜?给咱弄脏了怎么办?

不租就不租，租出去每月也不过三二百元钱，从哪里省不出来？

钱难道是最重要的吗？有时是，有时不是。起码在这三二百可能的收入上，他们认为不是。

我也认为不是。

何况母亲是特会攒钱的人。他们夫妇常常为可怜的家庭财政大权发生争执。很长一段时间，父亲掌握着自己的工资本，但每月给母亲几百元日常花销钱，母亲简称为"买菜钱"。过一段时间，母亲就会悄悄和我说，她又从"买菜钱"中攒下了多少多少。父亲佯装不知，但一遇家庭大事需要凑钱时，他就会向母亲求救。百般央求加激将，母亲只好很不情愿地把她从牙缝里省出来的钱凑到大盘子里。

当然，在拿出钱的那一瞬，母亲还是很得意的。

她确实是个舍不得的人，对一切有用没用的东西都是攒呀攒的。在她的柜子里，还有一大堆我小时候穿过的衣服。儿子出生时，她甚至拿来了我出生时的包布和裹衣。可以说，攒东西是她的快乐，攒钱更是她的快乐。

只不过，她自己没有钱，她攒的是父亲的钱和父亲给她的钱。

老天似乎知道她的心病，垂怜她似的，又一次锦上添花。让她六十四岁时有了自己的"退休工资"。

二〇一一年，国家突然有了政策，曾经在国有企业上做过临时工的人，如果补交一定数量的养老保险费用，可纳入国家统筹的社会养老保险范畴。"社会养老保险"，对母亲来说是新名词，其实，父亲退休后领的就是这种钱，但他们更愿意都把它叫作"退休工资"。

无论"退休"，还是"工资"，这些字眼都证明他们曾经"工作"过。"社会养老保险"，叫着多别扭！

钱需要补交差不多四万，但政策很合理，很人性，如果你有生之年从社保所领取的钱不足这个数额的，剩余的一次性退返。倘你长寿，你就能无限制地把"退休工资"领下去。他们算了一下，不计"工资"上调，不出六年，他们就能把缴的钱给领回来。于是，父亲代母亲缴了这笔费用，母亲有了自己的"退休工资"。

结果，这几年政策好，他们的"退休工资"不断上调。一有上调的消息，他们就守在电视机旁看新闻，验证消息真伪，有时还让我上电脑上查询。短短几年，母亲的"退休工资"已经从最初的不到五百元，调到了八百多元，这样算来，不足四年，她就能够把"本钱"给收回来。

"本钱",呵呵。

更让人高兴的是,去年年底,取暖费上调,我们全家每人涨了一千元,四个人的取暖费加起来几近万元。母亲笑得合不拢嘴了。

每到领钱的那几天,她就和父亲拿着存折本到银行"打本",听着打印机呲呲嚓嚓的声音,心满意足地端详着存折本上的数字,享受着期望变成现实的快乐。

然后,凑一个整数,存成定期。

母亲笑着对父亲说:每月花你的钱,我的攒着。

父亲笑着应允。

他们的笑,摇曳在皱纹之上,熠熠生辉。

二〇一四年十月

同学沈宽阔

这些年,每年都要和沈宽阔见一两次面,通常是他来找我。每次见我,他都有些许不安,总觉得打扰了我。我劝他不必有这样的顾虑,因为我不是那种时间宝贵到不能随便见人的人,他不来找我,自有别人会来找我。何况,和他聊天并不乏味。见我这么说,他说,"好,那我以后把见你的次数从每年一次扩展为两次",然后神情中显出心满意足又无比感激的样子。

我们是高中同学,高二分科后到一个班的。上了高三,他就离开学校当兵走了。所以,我们只真正同过一年学。他脸色苍白,脸型棱角分明且分明到过分的程度,这种面容让我有所畏惧,所以到一个班后很长时间,我们并未亲近。直到他知道我的一个堂姐嫁到了他们村,他才以此为媒介,和我主动说起话来。那年是中国首次实行村委换届选举，他兴致勃勃滔滔不绝地向我讲述他们村派系斗争的波诡云谲与惊心动魄，而我似乎没有什么兴味，只是不好意思打断他。但这次谈话后，我们毕竟熟悉起来了。

好多次，因为食堂的饭太糟糕，我们一起到外面的路边摊上买饭吃。吃完饭，我们会争着付账，如今想起来，这是我们当初友谊最直接的明证。

高二后期，他喜欢上了班里一个姑娘。而另一个男同学，也喜欢上这个姑娘，于是两个人争风吃醋起来。他们三人之间的过节，我们局外人不大清楚，只知道，终于有一天，他们两个男人发生了大的争执，彼此动了手，随后，沈宽阔就辍学走了。

一天晚自习，大家学习的学习，说话的说话，走神的走神。突然，教室里冲进来一个人，手持一根约莫二尺长的铁棍，以极快的速度跑到教室后方，朝一个男同学挥棍打去。惊诧之中，我们这才看清冲进来的人是沈宽阔，被打的人是他的情敌。不知是那个男同学躲得及时，还是沈宽阔原本就是吓唬他一下，反正铁棍只是在课桌上空晃动了几下，他又以极快的速度沿原路跑出了教室。不仅那个男同学，周围的几个人都受到惊吓，但没有人受到伤害。整个过程似乎只是一瞬，大家这才反应过来，几乎所有男同学都追了出去，从他们喊叫的声音，似乎是捉拿凶手节奏。我也追了出去，直到看到沈宽阔终于以领先所有人的速度冲出学校大门消失在夜色中，我才松了一口气。

这也可证明他的身体素质。反正，到了冬季，突然得知他要当兵去了。送兵的那天晚上，我们不知怎么获得了这个消息，几个和他关系不错的同学专程跑到新兵集合地看望他。夜色苍茫，大院里人头攒动，他在人群中严肃、惶然，脸色似乎更加苍白。他穿着军装站在队伍中走向了他可见的人生，而我们在高三的学习高压中对未来还茫不可知。所以那一刻，我不知该羡慕他还是同情他。

我终于还是上了大学，他不知道如何打听到了我的地址，给我来了封信，信里说了他在部队服役的一些近况。他是武警，集训结束后被分配在了某公安局看守所。他向我描述了晚上执勤时的一些景况，我依稀记得他渲染了看守所里那种阴森的气氛。他说他能看见各式犯人，还有女犯人。后来我做了警察，也常常去看守所送人、提讯，看到门口荷枪挺立的武警战士，我常常想到当年的沈宽阔。

但我们一直没取得什么实质性联系。直到我结婚，他从我堂姐那里获知了消息，不请而来参加我的婚礼。他的到来让我意外，但我毕竟是婚礼的主角，忙得一塌糊涂，也顾不上和他多说几句话。

二〇〇二年，我们公安局成立交通管理科，要在社会上公开招纳一批协勤，退伍战士优先。交通管理科，是为最终成立交警大队做准备。看到公告，沈宽阔报了名。这个事情当时搞得沸沸扬扬，因为根据先前的经验，在交警部门做协勤，虽然是临时工，但较之其他单位的临时工，不是一个概念。警服这玩意很神奇，再脏再皱再不合身，总有人能从中看出威严的意味。

沈宽阔找了我，我人微言轻，对这件事情根本说不上话。但我根据传言和掌握的情况，告诉他公开应聘走那些考试面试等等程序并不靠谱，他得像别人那样找个所谓的"关系"帮他说句话。他这才慌了，赶紧找人，据说也找了一个听起来大致像样的领导。但在领导给他打招呼前，招纳的人员已经定了。所以，他最终没能如愿。

他不甘寂寞，随后，参加了村干部竞选，并争得一个村委委员的职位。不管这个职位对他的生活是否顶用，我还是为他高兴。不久，我到他们邻村破一桩案子，乘这个机会，我带几个同事去他家看他。他吃惊且高兴，赶紧拿酒招待我们。老白汾十年陈，在当年算是好酒了。但当时假酒盛行，我和同事都表示了我们的担心，劝他拿玻璃瓶汾酒就行。他执意要我们喝老白汾,迅速拧开了瓶盖,让生米煮成熟饭,以表明他的盛情和诚意。于是我们就怀着担心迟迟疑疑地喝,到底还是喝到了假酒。未及离开他家,我们就在门口吐了起来。

四年后,交警大队终于成立,倒是我来到了他曾经梦寐以求说不定仍在梦寐以求的交警队任职,拟被任命为办公室主任。他听说后,专门来大队看我。成立之初,我们在一个单面二层小楼里办公,条件非常简陋,我和一个同事合用一间办公室。办公室墙上,挂了两块版面,一块是《办公室岗位职责》,一块是《办公室主任岗位职责》。当时我手头忙了点事情,留他一个人在办公室坐着。我回来后,他压着声音带着神秘对我说,他看了那些岗位职责的每一行文字,据此分析和判定我即将或者已经拥有的权力。

他说这些话时,我异常惭愧。且别说我还没被正式任命为办公室主任,即使被任命了,文字和实际毕竟是两回事。但我仍然被他的兴奋所蛊惑,在他走后,把那两块自挂上后从没在意过的版面浏览了一下,并用他的目光去分析了一下字面意思,居然从冷冰冰的文字中也读出一些味道来,像他替我兴奋一样也虚幻地替自己兴奋了一把。

随后他又来找我。这次来，还真有事，是来替他一个跑大车的朋友牵线的，期望以后能得到我们单位的某些照顾。对这种事，我一点底都没有。但他期冀的眼神和连声的恭维不容我拒绝，只好权且答应了。

正如我的担心，后来我才知道，我对他、对他的朋友而言，一点用都没有。我觉得出于朋友之道，得向他道明，否则于我是折磨，于他们是误导和耽搁。但自尊心又不容许我说实话，而这种自尊心恰恰来自他对我权力的虚高，我愿意维护这种虚高不在他心中破灭。只好找了个借口，说我的一个亲戚也在跑车，而且是近亲戚，我只能先照顾目头，凭我目前的能力，无法顾及其余，劝他告诉他的朋友另请高明。他表示理解，这个事情就这么解决了。我松了一口气，但感觉还是有点辜负他。

二〇〇八年，我出了我的第一本散文集。第一次出书很兴奋，巴不得把书送给每一个熟识的人。一天晚上，他来我家，我自然迫不及待要把书送他。他接过书，随便翻阅了两下，脸上并没有我期待的那种我准备欣然接受的赞誉和惊讶。而且，从他的神情，我感觉到他差点没说出来的话："写作顶个屁用，你好好做你的官好了。"过了一会，他果然压抑不住，说出了这层意思。我只好打着哈哈说两手抓两不误。后来，两个人的对话都变得游离和敷衍。所以我的第二本书出来，就没有送他。

这期间偶尔的几次接触，让我了解到，除了担任村里的那个小职务，他还在邻村一个煤矿打了一份零工。对于这份零工，他说挣的是"窍钱"，似乎每天只要去点个卯，不怎么干活，一年就能挣两三万块钱。他还在他原先想请我帮忙的那个朋友那里入了点股，一年也有些收入。总之，生活很是过得去。

因为这个原因，我朝他借了一次钱。这一年，我像许多人一样，开始进入股市。起初行情不错，挣了些小钱，就计划加大投资，但手头没有闲钱，便和他开口说借两万块钱用用，他欣然应允。我没有直接说用钱做什么，只说家里有点事。取钱时，他说，"对了，为了前途，你就该多跑跑多送送。"看来，他是想当然地从他对我的期望出发来理解我借钱的用途了。

炒股终究是赔了钱，但不妨碍我把这两万块钱还他。之后很长一段时间，我们再未见面。一天晚上，他突然打来一个电话，言语仓促急迫，还夹杂了些恐惧。他说，村里又选举，他用手机录了一段视频攻击他的对手放到网上，被对方告到了派出所。派出所已经传唤他到案，从警察对他的训斥中,他担心自己也许会被"判刑",所以抽个空档出来给我打个电话,让我要想尽一切办法把他给"捞"出来。他说,他家里有十万存款,临行时他已告诉妻子,让把这笔钱给我,作为我"捞"人的费用,公检法,需要打点哪家就打点哪家,并郑重让我记取了他妻子的手机号码。我大致问了他视频的内容,根据经验判断说不是什么大事。他对我这种认识不以为然,也许是担心我不诚心帮他,所以在那头不住地说些"拜托、务必"之类的话。我感觉到他曲解了我的意思,赶紧满口答应。他嘱咐我尽快和他妻子联系取钱,我也只好应允。

我侧面和派出所的人打听了一下这个事情,似乎没什么大碍,便给他妻子去了一个电话,告知她我了解到的一些情况,说会根据事态发展再做下步决定。果然不出我所料,他只是领了一通批评教育便被放了出来。

以我多年对他的了解,他对政法部门特别敬畏。政法部门,只是我此刻的说法,用他的话,叫"你们戴大盖帽的"。他总是艳羡我此生做了警察,当年他想进交警队当协勤想必就是出于此初衷。偶尔他会问我一些同学的近况,我说谁谁上副处了,谁谁挣大钱了,他都表示不屑一顾,似乎他们都不能和我相提并论、同日而语。之前,他还向我表达过他依旧想来我们单位做一名协勤的愿望。以我对协勤状况的真实了解，告他干这个其实没多大意思，工资不高，还忙得一塌糊涂，既不能顾家，也不能养家。他迅疾反驳了我的看法，说我是领导，高高在上，根本不了解实际情况。他说，那可是"一摆手，就是钱"。我觉得此话不值辩驳，就岔开了话题。他说，如果我有能力，就帮他办进来，花十万八万也可以。说实话，我觉得自己似乎可以尝试帮他办这个事情，成不成不好说，但打心底知道他认识之偏颇，就没接他的话茬。而他总是个知趣的人，也没有就这个话题纠缠下去，也许他依旧认为我尚不具备这个能力。

  我要买房子，还差一点钱，于是又给他打了电话。这次，我借的数字是三万，他满口答应。我说我去取，他非要亲自将给我送来。第二天午饭时分，他打电话问我在哪里，我让他到家。进来后，我张罗给他弄饭，他说刚在外面吃过，并示意我看他嘴唇上刚吃过饭的印迹。我知道他愈如此表述，愈证明他并没有吃过，他只是像往常一样怕麻烦我罢了。心照不宣，我就没再坚持，哪怕锅里还剩着饭。他除了带了三万块钱，还给我带了条烟。他说，他现在在炒股，炒得如火如荼，欣欣向荣，刚把一笔钱放进股市，要不借我五万十万都不是问题。我想起我上次借他钱其实也是炒股，就在心里笑了。他稍坐一会儿就走了，怕影响我睡午觉。

我儿子"开锁"（我们当地一种"成人礼"），要宴请宾客，便邀请了我认为比较亲密的几个同学。其他同学纷纷到场，唯独他没来，我也不以为意。宴请结束，赫然在账本上看到他上了一笔厚礼。我问记账的人，记账的人说这个人上过礼就走了，并劝他不要声张告我。我明白，他和我们其他同学一直没有联系，当年那般尴尬离校以及此后的那起轰动性事件也许阻滞了他与同学们的交流，只我是一个例外。其实很长时间我都很好奇，他当年以及此后是否真的喜欢那个并不漂亮的女生。还有，他挥着铁棍冲进教室到底是为了吓唬那个男生，还是怨气之下计算周密但最终失手的报复？当然，我始终没有问出来，怕伤他自尊。

一天傍晚，我正在学校门口接孩子，他打来一个电话，说他父亲身上发现肿瘤，要做核磁，但排队已经排到了第三天。他知道我姐姐在医院工作，想请我帮忙看能不能把时间提前些。他一再解释，他实在是走投无路才给我打这个电话，否则真是不想麻烦我。我当即给姐姐打了电话。姐姐虽然知道此事的复杂与麻烦，仍是愉快地答应了，不仅冲着我的面子，还因为她几次听父母提过，"宽阔这个孩子真不错"。比如有一次，父母去堂姐家，回来时坐公交车需要到村口。他们麻烦沈宽阔送一下，他到了村口没停，直接驱车二十公里把父母送到了家门口。

某天傍晚，我正要去单位值班，他打来电话，说要找我坐坐。我说你干脆到我办公室吧。这次，他给我带了一条高档烟，几乎最高档的那种。我说大可不必，并展示给他我经常抽的七块半一盒的"红塔山"给他看。我指着他的烟说，这么好的烟，抽了可惜。他不理解我为何抽如此低档的香烟，从他的惊异，似乎这种烟根本配不上他理解的"我的身份"。我问了他父亲的一些近况，无非是确诊、转院、治疗等情况。之前给他去过一次电话，他说正在陪父亲在公园溜达。我怕不方便，没敢多问。果然，他百般权衡，放弃了手术。他只想在父亲弥留的日子里尽可能减少疼痛，并享受天伦之乐。只要天气好，几乎每天，他都陪父亲在公园转转。他说他好珍惜与父亲在一块的日子。

这次，他还聊到他的股票。起初他投资四十万，前段时间飙升到一百二十万，后来又跌到八十万。他果断清仓，用挣来的钱在城里买了套房子。我既替他惋惜，又为他高兴。

过了几个月，收到他父亲去世的报丧电话。出殡前一天，我专程跑到他们村奔丧。我知道，我必须去，不仅为着我们之间的情谊，更为着他的面子。我知道他应该预料到我一准会去，可我真的出现，仍是让他激动。那是整场丧事中最繁忙的阶段，疲惫掩盖了他的悲伤。他让我大致熟悉的几个人陪我，我掏出一沓礼金给他，数额与当年他给我儿子开锁上的礼相当。他并没有直接装起，对着些许人，他要他一个朋友送到账房，并嘱咐要记清。过了一会儿，那个人拿着账本过来示意我记清楚了。我笑笑，我明白这种煞有介事，他需要我的名字和这个数字在账本上出现。

又过了几个月，一次上班时分，他来单位看我，这次没事先打招呼，直接敲门进来。这是这么多年来我们聊天最长的一次。他先从父亲聊起，说庆幸自己选择正确，如果做手术，可能会多活半年一年，但那将是从头至尾痛苦的一段时间。事实上，他父亲走得很安详，连他准备好的"杜冷丁"都没用上。从生病住院到最后父亲撒手人世，他始终陪伴在侧。我这才知道，他父亲曾经是村里的主干,难怪当年在学校时他就和我讲述村里斗争的复杂情形,包括他后来屡次竞选,可能都源于父亲的影响。

他说,他找人看过,他并没有"官运",所以后来果断放弃村里那些明争暗斗。从"官运"聊到"财运",他倒是有点财运的人,但只有"小"财,没有"大"财,而且,都是"偏"财。所谓偏财,就是股票、彩票之类的。他讲了很久之前彩票刚刚兴起时自己的一次经历。他准备了三十一个纸团,上书三十一个数字。然后,他在财神像前烧香祈祷,每祈祷一次,选一个数字,这样选了六个数字,再加上他的某个每次必选的幸运数字,按顺序排成一组。他左右端详,觉得有个数字不顺眼,就换了一个,然后,照这组数字填了一支彩票。开奖后,他傻了眼,如果不换那个他认为不顺眼的数字,他就中头奖了。他说,这就叫财神给你钱你都得不着。从这个经验,他得出自己此生也只会有些"小"财。我说你股票挣那么多,还叫小财吗?他说缩水一半才抛出,可见仍是小财。不过,他并不惋惜他的几次"失手"。他说,小财运的人得大财,反倒"伏不住",会遭遇其他厄运。他能这么"辩证"地解释自己,解释命运,我很高兴。

他摸摸我的耳垂,说我是既有官运又有财运的人。我听着高兴，仍是不大相信。他又看看我的手相，相以佐证，表示了肯定。看着我还不大信，他又列举了几位中央领导人的耳垂，那是他看电视时观察的重点。总之，他有他的一套理论。我记得十年前，他就摸过我的耳垂，说出过类似的话。他的振振有词，几乎让我相信我也许真的有美妙前景，就兀自高兴了一小会儿。

然后，他又谈到我前段时间获得的一个全国性文学奖项，他是从网上新闻里获知的，本想向我表示祝贺，仍是怕打扰我才作罢。这么多年，他少见地对我这方面取得的成绩表现出了他发自肺腑又溢于言表的高兴，我这才意识到，他其实是一个打骨子里敬畏权威的人。我的所谓成就，终于化作权威的影子，让他认可了我的人生之路。

但他仍告诫我，做官要紧。

他还说，他总是在百度里搜索我的名字，也总能获知我的一些近况和变化，还不厌其烦兴致勃勃地予以枚举。我说，何必这么麻烦，你直接加我微信好了。他对我愿意和他互加微信表示出受宠若惊的样子。我说，我微信里乱糟糟一堆人，哪多你一个。我翻看他的朋友圈，里面什么都没有，倒也符合他性格中谨小慎微的那个部分。

他融入我朋友圈的海洋里，因为不发微信，我通常想不起有他这么一个人。而但凡我发布关乎我一星半点小小成就的信息时,他总会跳出来点一个赞,让我意识到他的存在,有时还让我愣怔半天。我突然意识到,就是因为他,还有与他类似的朋友对我人生观的不断修正,终于没让我在他们所认为的"正路"上越滑越远。我不知这于我而言到底是好是坏,我只知道,我确实名正言顺地在某些场合坐到了主席台上,成了他们所期望的那类人。凭我现在的能力,我似乎能让他当一名协勤了。然而,他老了,我也老了。

二〇一八年二月

与老樊闲坐

老樊到我办公室来,依旧擎着他黑的面庞上常见的愁容。见了我的面,照例笑一下,把愁容打破,然后迅速将笑容潜藏,恢复本色。我先点一支烟给他,再给他沏茶。他说他就要走,不必沏了。我再请,他再推辞。我笑,说"好像稀罕你似的"。他也笑,依旧是一霎。笑后,到底坐下了,喝我给他沏的茶。

一旦坐下,他便开始发牢骚,一如我的预想。他的烦恼很多,因为深度近视皱着的眉和眯缝的眼,于是愈显烦恼。

这次的烦恼很具体。他是交警,在路上工作,查交通违章,抓到一个无证驾驶摩托车的男子,于是按规定呈请单位批了拘留,五天。执行时,遇到了麻烦。男子的母亲颤颤巍巍拄着拐棍找他哭诉,说自己已然是这副模样,家中还有一个瘫着的丈夫。如果孩子被拘留了,他们可怎么活?她盘坐地上,痛哭号啕,用拐杖一会儿捣地,一会儿击头——那架势让老樊相信,这个拘留真的难以执行。

一打听,男子果真有一个瘫着的父亲。老樊的心软了。于是勉力写了情况说明,尽量让文字有感染性,然后找各级领导,希望撤销由他呈请被批复的拘留决定。忙活了一上午,仍旧没有结果。领导说,这种事情很难办,法不徇情。当然还有潜台词:"你麻烦真多!"

窗外是一所小学,这是下午,阳光铺满校园。老樊说这些事情的时候,我并不想听。我们每天都要遇各种各样的事,如果事情没有足够的新奇,我们也会缺乏足够的耐心。这个世界给我们灌输的逻辑是,摊上活该。老樊说,"你说这个人怎么这么傻,我们明明站在那里,你为什么还要打我们跟前经过,不能拐个弯吗?我们难道能眼睁睁地让你堂而皇之过去?"但是,我还是敷衍着,陪他发了句毫无新意的牢骚:难道这些无证驾驶的就这么可恨,而那些贪官污吏们就可以逍遥法外?

实际上,他的牢骚,我的牢骚,我们共同的没有发出来的牢骚,都在他的烦恼,我的烦恼,我们共同的没有说出来的烦恼的核心之外徘徊,白搭一堆话,少盐缺醋,于事无补。但我们每天都遇到不同的人,说着类似的话。我们通过嘴唇的摩擦消磨大量的时间,获得一些有时连我们都不完全相信的人生理解。我们还认为,这些人之中,有一部分是我们的朋友,或者正是因为谈了这么多话,我们才彼此认同,成为朋友。有时我们也努力让话语朝我们所期望的核心贴近,但大多数时候言不及义,混沌一片。即使这样,有时心情也会更加怅然,或更加沉重。

茶是信阳毛尖,很好很嫩的茶,但放一会儿就苦了。许多茶都有苦味,但放过的信阳毛尖更甚,这也许是我喜欢它的原因。我咂一口,说,难得你有如此善心。他说那倒也未必,一方面是觉得这家人确实可怜,另一方面,怕把人往拘留所一送,老婆子一下子想不开,真一头撞死在墙上,那可真成了没事找事,麻烦大了。有时就是这样,我们愿意为一些我们认可或崇尚的事情增添光环,可这些事情的背后往往夹杂着一些更为复杂的因素。人生从来不简单。进,和不能退,有所为,和不能不为,只有内心清楚。表现在外界,几乎是一样的。

窗外,下课了,同学们从教室里拥出来,校园里瞬间盛满叽叽喳喳少不更事却又真实无比令人艳羡的快乐。

手机响起,是快递公司,说我在网上购买的书到了,到付。我的心情一下子明朗起来，每每这样。更值一说的是，书价有一毛钱的零头，我的钱包里居然有一枚一毛钱的硬币。通常状况下，零头是可以省去的。但此刻，觉得这一毛钱有得如此妥帖。摩挲着一大堆崭新的书籍，迅速稀释了刚才弥漫在我们之间的凝重的气息。我说，看到一本模样顺眼的新书，哪怕暂时不翻开，都有一种说不出的快乐。他说他要走，也是去找个乐子，比如打麻将。

送来的新书中，有一本是龙应台的《目送》，里面有一篇《1964》，此前我读过，最喜欢的一段，能够背下来。我突然想把能够背下来的这一段读给他听。我翻开书，找到这一篇，介绍了这篇文章的前因后果，开始朗读我认为精彩的那几段。然后着重、几乎是一词一顿地读了这几句：

……人生由淡淡的悲伤和淡淡的幸福组成，在小小的期待、偶尔的兴奋和沉默的失望中度过每一天，然后带着一种想说却又说不来的"懂"，作最后的转身离开。

他突然大受感动，说怎么会有这么好的话。他尝试着把他刚记忆的复述给我,磕磕巴巴,支离破碎。我逐句纠正他,想让他记住这些文字,因为它们曾经打动过我。

最后,他说:"你帮我写下来吧。"我说知道大致意思好了,何必认真?但还是从桌上抽出一张稿纸,扣过背面,一字不差地写给他。他习惯性地尽可能把纸放在厚厚的眼镜片前,辨认我漂亮却难以辨别的草书。我看着他,想象纸的背后他那皱着的眉和眯缝成一条线的近视的眼。

他一个字一个字读出来,把纸放下,又以他的理解给我复述了一遍,心满意足。

二〇一一年三月

女教师

大学：王老师

她蝴蝶般飞进我们大二枯燥的课堂，所有人为之眼睛一亮。她的课讲得并不好，但只要漂亮也就够了。严格说，她也算不上绝对的漂亮，但看上去乖顺，小鸟依人。她发型时尚，小瓜子脸亮晶晶地闪着动人的光。

一周一节课，我们就盼望下周赶紧到来。第二节课对她就没有那么幸运了。那天天气本来就热，课堂又在顶楼。我们还能勉强忍受，而她就露出破绽了。汗水不断地冲刷她的粉妆，她只能屡屡中断讲课从精致的坤包里抽出纸巾小心翼翼地在脸上擦拭。我们瞪大眼睛兴致勃勃地看着她，她的狼狈让她可爱极了。她索性不讲课了。她讲起了化妆，她说，"一个女孩子每天难道不应该抽出至少半个小时的时间用于化妆吗?"当时我想,她是在自我解嘲吗?

她居然结过婚了。她居然结过婚又离过婚了。她的前夫居然还是我们学校的老师,但我们始终不知道是哪个倒霉鬼。她居然在开发区还开有公司,每周来的时候,坐一辆锃亮的蓝鸟轿车。她说学校发的工资还不够她往返的油钱,但她喜欢老师这个职业。她还带着一个男司机,他有时就坐在课堂后面。她赶他也不走,看上去他们关系很暧昧。我们觉得那个司机一点也不帅,我们打心底不喜欢他。

毕业论文答辩由她主持。我们是专科,答辩只是走个形式。每名同学先阐述自己论文的观点,然后由她象征性地提两个问题再由我们作答。前面的同学都很傻,就那样滔滔不绝地念起了自己的论文。她不断强调,只陈述自己的观点就行了。后来的学生仍很傻。我就替她着急,也替我们的同学害臊,差点想举手代她做个样子。终于点到我了,我干脆利落地用几句话陈述了论文的观点。她舒了一口气,让接下来的同学都照我这么做。我感觉帮了她,心里很高兴。

毕业前夕,全系聚餐,她也在。在人群中,她认出了我,叫出了我的名字。她说,"我记得你的"。她在昏黄的灯光下现出迷人的笑容，眼睛眯缝了一下，眸子里的一束光被挤压出来穿过长长的睫毛射进我的心田里。我们轻轻地握了手，她的指头柔软而温暖。

高中：X老师

我连她的姓都模糊了。

他们夫妇都是生理卫生教师，她似乎已经退休了，她丈夫还没有退。她只是在他脱不开身的时候帮忙代几节课。他们夫妇是归国华侨，她是省人大代表，他是市人大代表。他们的照片分别挂在学校的展览橱窗里。

我们考证了别的班和别的年级，但凡上到某些章节的时候，她总是如期出现在每个班的讲堂上。我想，她的丈夫总不至于一到这个时候就忙吧。那些睾丸呀、月经呀、梦遗呀等等让人面赤心跳的词语，就那么轻轻松松地从她口中蹦出，音符一般跳跃在平日死气沉沉的课堂上，让那么多的女生把头埋到书本里，让那么多的男生强装镇定但喉结涌到了嗓子边。一头花白的齐耳短发衬出了她的慈祥，她年轻时候大概很漂亮。

就代过那么几节课，可我们都认为她是个好老师。她的魅力就在于真实，从容，不避讳，不遮掩，有啥是啥，大大方方。从那时起，她就喻示我一些做人做事的道理，可直至现在我也没能完全做到。

初中：焦老师

起初她只是物理老师。她在上面讲课，我偷工摸夫乘她扭身往黑板上写字的空当儿把头弯进课桌里看闲书。猛抬头，她竟悄无声息地站到我面前，吓出我半身冷汗。她抓起书就扔到了门外，折回讲台后，还瞪我一眼。她浓眉，窝眼，目光如炬，吓得我的目光赶紧打个弯避开她。我假装听她的课，眼睛却一直往外瞟，生怕谁把我的书捡走。外面刮起一习风，有两页书无辜地翻动着。

后来她成了我们的班主任，才知道我其实是她最好的学生。我物理成绩全年级最好，甚至超过复读班。她先是让我当学习委员，然后荐我入了共青团。最初的团员很吃香，吃香到有人拿团员证去商店里赊方便面。我是班干部中唯一的团干部，既可开班会，又可开团会。

我们的团会像模像样。因为对班长不满意，于是开会讨论把他换掉。我们选出了一个新班长，然后仗着她对我的宠爱由我把讨论会的结果报告给她。她瞪着大眼睛听我讲完,居然支持了我们的决议。那个跋扈的班长就这样被我们温柔地干掉了。她既让我认识到权力的源泉,又让我认识到权力的僭越。

星期天我们轮着看宿舍,每班排两人。一次家里托人给我捎来一盒大米饭,碰巧她来查宿舍。她看到我的冷大米,便把我们带到家。她把米饭用油给炒热,然后分给我们俩。她特地把两个碗比了比,怕我们说她不公平。我吃着喷香喷香的大米饭,还是觉得不公平,因为大米饭是我的。

小学:张老师

那时的作业本是二十三页,每本七分钱。她让我们上午写十页,下午写十页,晚上作业做三页。第二天在背面写,一个本子可用两天。

每天上午或下午,她又分,比如这节课写三页,那节课写四页。她不怎么讲课,就让我们不停地写。课堂上完不成,她的惩罚措施是不准出去撒尿。我年龄小,写字慢,一节完不成,节节完不成,有时只好让尿憋整整一个上午或下午。回到家,未说话,眼泪先汪汪地流。母亲问我为什么，我也不敢说。

如果我的孩子有我当初的遭遇，我肯定会怒不可遏地找校方或老师理论。可如今想起这些事，也不觉得她那么可恨。

她是一年级老师，无可变更的一年级老师，是村子里从我们这届开始连续几届新入学孩子的启蒙老师。我们理所当然地认为她是没什么水平的。我们上到三年级后，认为自己出息了，就故意拿难题到她教室请教问题难为她，事实上我们的幼稚不值一笑。只记得有一次，在听了我们现在的老师凡遇到问题要多问几个为什么的教诲后，我和一个男同学去问她一道难题。在她讲解得清清楚楚明明白白后，那个男同学居然傻愣着又问她为什么。她只好从头讲解，讲完后，他又问为什么，最后臊得我承受不住撇下那个男同学逃掉了。

我们上到四年级，她嫁人了，也不再做老师了，大概村子里所有的民办女老师都这样。她丈夫是我堂哥的朋友，一个穿着喇叭裤头上抹发油留着二撇胡子的浪荡哥儿。偶尔听他们嬉谈，她在丈夫眼里居然那么不受待见。他那轻率、鄙薄的口气让我心里刺刺地不舒服，她毕竟是我们一度害怕又尊敬的张老师啊。

女教师

她是我们村子里的人,又做了我们村的媳妇儿,没准回老家还能碰到她。忽忽快三十年过去了,如果我再叫她一声张老师,她还敢答应吗?

二〇〇九年九月

有所凭。孤于浮世

临时工陈钟

一

我突然收到一封来信。当这封信从传达室老孙送来的报纸中跌落到桌子上的时候,我瞟一下信封,略微诧异了一下子。

我经常收到各种信件,但信封上大多是印刷字体:有的直接把邮政编码、收件人地址、姓名和寄件人地址打印在信封上;有的把这些内容打印在一张小纸片上,然后把纸片粘在信封上——纸片小得很,全部文字局促地挤在一起,但寄信的人就那么好意思。这些信基本都是做广告的,收件人姓名往往是一个所谓职务。收得多了,我有时拆都不拆便扔到废纸篓里。但这封信很特别,信封上不仅是手写字体,而且我的名字昭然其上。

多少年都没有收过私人信件了,朋友间联系或一个电话、一条短信,至多发个电子邮件。我拆开信封,里面这样写道:

主任:

您好!见字如面,近两年身体工作可好?回想去年六月一别,不想竟把你我暂时的分离变成了长时难以谋面,把屈指可数的咫尺之遥变成了天涯之距,把咱们彼此关系阻断成了云泥差别。

然后另起一段说:"我是陈钟……"

其实,在我没看到这个名字时,从那熟悉的字体和半通不通的行文方式,我已经知道他是谁了。而一年多来,我几乎要把他忘却了。

他在信中说,自己离开这里之后,父亲便因胃癌去世,留下了九万多元钱的债务。而自己原先的病情基本康复后,又罹患神经性耳聋,且"多方治疗,皆不理想",数叨了大约一页多的种种苦楚,最后写道:

只是在利弊衡量之下,更倾向于找份工作赚钱,以应对现实和稳住现实。能够想象得出,自从我走了之后,你的担子更重了,工作负荷更大了,工作量更密集了。想了许久,觉得我自己除了继续从事写稿熟路驾辕之外,现实生活中处处举动都与农村生活的需要格格不入。毕竟,自己不愿就此做一名随水逐流的闲云野鹤,所以再三思虑之后,也只有鼓起勇气向你伸出求救之手,看能否再到咱们单位工作,以走出现今举步维艰的窘迫境中。

我沉思半天,想如何给他回信。

二

我是一家单位的办公室主任,统筹并撰写单位的各种文字材料。陈钟曾经是我的助手。

他是一名正经八百的大学毕业生,会打字,能写点东西,和我们单位领导有一面之缘,于是托了关系安排给我作助手。每月工资,正好符合当时国家规定的最低标准。

他瘦小,羸弱,面色黝黑,其貌不扬。烟抽得很凶,每天至少一盒以上。烟因为廉价,所以刺鼻,个人又不讲究,烟灰磕得满电脑桌都是。又不勤开窗户,搞得打字室总是脏兮兮一股难闻的味道,让我进去就皱眉头。

他总是丢三落四的,常把打字室的钥匙忘锁在门里,然后匆匆跑到我办公室和我借用。平常也罢,举手投足的事情,可星期天也是,给我打来电话,手机不开打到家里。我驱车过去,开门,数落他几句,教给他我带钥匙的方法:一条链子拴了系在裤子上,裤带上穿一个钥匙扣挂钥匙,开门时只需把钥匙从扣上取下来,而钥匙还被链子拴在裤子上。这种挂钥匙的好处就是,只要裤子在,钥匙就在,双保险,万无一失。他唯唯诺诺,连声答应,但之后仍我行我素。这样总有四五次吧。

他的生活习惯也很糟,晚上不睡,早上不起。上午八点多大家都已经上班了,他还在打字室里睡觉。敲门,慌里慌张起床,脸也不洗,打开电脑,站在一旁发呆。说过他几次,仍那个样子。后来才意识到他不是不想起,是睡得太晚实在起不来。而且他放纵自己,不想睡便不睡,等实在瞌睡了才上床。

打字室是一扇铁的防盗门,开门时总是吱呀一响。我自己也有失眠症,晚上在单位值班,好不容易才修得个迷糊劲儿,突然吱呀一声,隔壁铁门一响,把我彻底吵醒了,一看表,已是凌晨两三点。他肯定还没睡觉,这是上厕所撒尿。

他撒尿也算一件大事。他喝茶很凶,喝水很多,一杯一杯拼命喝,一趟一趟往厕所跑。只要我一进打字室安排工作,还没开口,他第一反应便是往厕所跑,似乎掏空累赘才能工作。

因为这些习惯,我打心眼儿里不喜欢他。

但我很少指责他。

三

我不指责他并不是因为我脾气好,而是觉得他可怜。快三十岁的人了,还没找上女朋友。这也成了他自己最大的心病。

他心思很重,不允许任何人当面提及这个话题,否则立即变了脸色,当然也不发作,只是默默走开。除了吃饭、上厕所,几乎整天闷在办公室里,人也变得越来越敏感。有人进去打印材料,顺便问他一句,"陈钟你怎么总不出去玩?"再平常不过的话,他却认为是对他没有女朋友的嘲讽,于是立即黑封了脸,渐渐弄得和他打招呼的人也没有了。

总是苦闷成愁吧,他也喝一点酒,和厨师老常喝,这算他在单位唯一的朋友。听单位的人说,他们晚上经常喝酒,但我只见过一次。就他们两个人,没有任何下酒菜,翻扑克比大小论输赢,他总是输,一会儿就醉了。开始时,老常邀我一起玩,我笑笑拒绝。陈钟甚至邀请我都不敢,因为酒很廉价,他知道我不会去喝。就如他抽烟时也想让我,但最终没让,这一层心思从他怯怯的眼神和抖抖索索的动作我便能领会。

后来听老常说,他也看陈钟可怜,便想方设法给他介绍了一个对象。女孩姊妹两人,她是老大,想把自己嫁出去,让老二赘婿。女孩家庭条件不错,有两套房子。两人轧了几次马路,女孩让陈钟拿一部分钱把家里的一套房子买过来然后两人结婚。陈钟当时未置可否,回到单位后用手机编了一条长长的短信发给女孩,在短信里汇报了父亲的病情与家里的经济状况,请求女孩收回要求。女孩立即翻脸,不再与他来往。

用一套房子的一部分钱去买一套房子还贴你一个活蹦乱跳的姑娘，按说这种好事哪里去找，可在陈钟这里就成了难题。细想也是，家里没钱，自己又没朋友，想借都没出路，又不会花言巧语先把姑娘哄骗过来，分手也是预料之中的事。老常还说，自这件事之后，陈钟大受打击，对婚姻不再抱有美好希望，只想快点找个女人草草结婚，"哪怕二婚头都行"。还有，这个陈钟，就会约人家姑娘轧马路，连请人家吃个饭都不会，不吹才怪。

我认为陈钟还不至于迂到这个地步，因为他曾经想要请我吃饭。

那年年底单位开总结表彰大会，有几个临时工表彰名额，我给他争取了一个，他因此得到一册荣誉证书和一百元奖金。一天，我正在校对稿件，他突然说："主任，哪天我请你喝酒吧，只当那一百元钱没得。"我诧异之后随即觉得好笑，扭头看他一眼，摆摆手："你能挣几个钱，留着自己买烟抽吧。"他笑笑，又感激，又尴尬。

尽管如此，我仍不喜欢他。因为他名义上是我的助手，但实际上帮不了我什么，为他争取表彰名额只是因为我手下只有这么一个临时工，不给他争也是便宜了别科室的人。

四

临时工是我们这个社会体制产生的一个独特而庞大的群体，是相对有编制的正式工而言的。通常人们的看法是，他们干得多，挣得少，没有薪水之外的其他保障。但事实上有人能够突破我们常规眼光的局限，并以他们的实际表现让我们咋舌甚至让我们自愧不如。我最先供职的单位，那个临时工头儿就比我们一把手之外的任何正式工厉害，包括单位的所有副职，因为他最为一把手所倚重。对临时工的倚重，也是许多单位一把手的用人策略，因为他们替自己办事，一旦发生了问题，最多不过打发了事，不会有更多的后遗症。当然，无论他们有多大能量，也难以从本质上改变他们临时工的命运，他们最为忧虑的是所有体面荣耀不会长久。记得那个头儿一次酒后对我吐真言，他说，"能干几天就干几天吧，即使不干也没什么可怕的，怎么说这几年我手里也握了十万块钱。"十万元钱，现在对我来说也是一个庞大的数字，而他和我说这话时我的工资才四百元钱，而他的工资才二百元钱。这个数字足见他的能量。而这般幸运的临时工在我后来辗转的几个单位中至少见过两三个。

陈钟也是一个临时工，但无论从现状和前景，他都不会有这样的荣耀，因为连同是临时工的通讯员也捉弄他。

他除了帮我打字写些小材料外，通讯员有事外出或请假时，也偶尔被领导安排去接听电话，收发传真。后来通讯员尝到甜头，也找到管理上的破绽，便欺侮他的老实，老是骗他替自己工作，还假奉领导的名义，然后自己溜号去玩，搞得陈钟怏怏不乐，还没有办法。他对我还是比较信任的，便找我诉苦。他谈起以前的工作经历，在另一家单位写材料。他说，在那儿我就是光写材料，不安排我干其他"杂七杂八"的事情，语气中带出对现状的不满。

其实，对于许多事情，他未必像常人想得那般糊涂，只是嘴上说不出，或不愿说，更做不出。他还对我谈了一些别的，足见他懂得人情世故。他聊起他们原单位的会计，说虽是办公室的科员，却不受办公室主任管，只受局长节制。在这里他用了"节制"一词；他说厨师老常和老赵，"别看两个人住一个屋，其实是貌合心不合"；他还讲了自己和领导间的一些事情，讲到某个细节时，他解释说："我其实是讨好领导。"他居然知道"讨好"！

对于所谓"杂七杂八"的事情，我看得出他有抵触，甚至对我也是。比如有时我让他打扫我办公室的卫生，他总是乘中午或晚上无人时去做，偷偷摸摸的，仿佛怕人看了笑话。而别人就没有他这般忸怩。这是一层。另一层是干活缺少必要的机灵气儿，指一堆，吃一堆。我说陈钟把地拖一下，他果真只把地拖一下；我说陈钟拖一下地抹一下桌子，他肯定只干这两样事情。有一次我说，你把电脑桌下面的隔板也抹一下吧，实在太脏了。他果然只抹了一下隔板，对旁边的茶几视而不见。

我安慰他一番，自己也陷入矛盾之中。其实，领导安排他干其他事情是经我同意的，我完全可以帮他顶住。问题是，他完全不能胜任本职并令我满意，我袒护他又有何道理？而他闲着又有何用？我想把这一层道理讲给他听，又怕伤他自尊，于是轻描淡写应付他几句算了。

五

还有让他更糟心的事情。

单位实行工作业绩考核制度，实际上是变相给大家增加一点工资之外的补助。对于临时工，单位划分为两个序列：一个序列是从事一线工作的，这部分人参加考核；一个序列是从事后勤工作的，这部分人不参加考核。陈钟被划为后一个序列。

而陈钟自视甚高，认为自己从事的工作比一线工作更有意义，有价值，有身份。问题是单位不认他这个。第一次考核时，财务科造好表后让他打印并核算总额，核算好让领导逐页签字，然后到财政结算中心审批。审批时，结算中心的工作人员说里面的数字全部算错了。我想这是陈钟气急之下的结果。把表重新拿回来，财务科的同志给了我，由我安排让陈钟重新制表并校对正确。陈钟算好后，我问他这次没错吧，可不敢让领导签第三遍字了。他说不会有错，我信了他，想也不会有错，于是又找领导逐页签了字。送到财务科，会计不放心，自己算了一遍，恰恰又错了。会计也可怜他，这次没有再返工，错的数字用手工改过来然后盖了单位的公章，我们共同袒护了他一次。自那之后，考核都是我亲自制表核算。

但我还是婉言批评了他几句。他顺着我的话题又提起考核的事情，他没有说自己对领导的决定不满意，只说其他几个未参加考核的临时工如何如何不满。但之后，在一个晚上，领导值班时，他找了领导要求到一线工作。领导没好气，也明白他的意思，便反问他："陈钟，你来到这里也有大半年了，写过几个东西？在报纸上发过几个东西?"陈钟嗫嚅道:"平常稿子主任自己都写了,也没给我安排什么工作。"迟疑一下,又补充说:"报社发稿需要活络关系,得有经费才行。"领导冷冷地看他一眼:"经费是你考虑的事情吗?"没再理他。他心怀忐忑出去了。

第二天,领导和我说了这个事情,我笑笑,没多说什么。随后,陈钟也大致和我讲了这个事情,只是和领导所言相比略去一些细节。从陈钟的谈话可以听出,他也知道领导对他不满,所以决定奋发图强了。他计划从报社发表稿件下手改变领导对他的印象。其实,陈钟说得也有道理,媒体确实需要活络关系,稿件好坏还在其次。问题是,也不是我挑剔,他写的稿子确实糟糕。之前,他也向媒体投过稿,并且署名时把我排在前面,我说大可不必,当然这些稿件也没有发表。这次我和他郑重声明,他投的稿件不能再署我的名字,可隔过我直接经领导审核。

我说,我不邀功,不担责。

六

我之所以在文章开头大段引用他的来信,就是想以最直接的方式展示他的文笔。可以看出，他的基础不算太坏。

比如我试用他写的第一个材料，虽不能说无懈可击，但几乎可谓行家里手。当时我就想，有这么一个人帮忙，大小材料我几乎不用自己动手了。但高兴过早，从第二个材料开始，便不忍卒目。先不说行文磕磕绊绊，壅塞不通，遣词似是而非，词不达意（以上引文可窥见一斑，但这算是好的一次），到处可见的错别字就让人心生怒火，而且许多错别字是打字所误，稍一检查就能察觉。我说过他几次，也未见有多少改观，于是懒得用他。而且，他的这种东西还很难修改，有时修改比自己写还要费劲，干脆不如亲自动手算了。

但他浑然不觉，还给我找麻烦，经常未经我安排写一些简报信息，内容完全空穴来风，让我无可奈何。我婉言劝告过他几次，但他仍旧那样。

后来，我终于明白告诉他，非经我安排，自己就不要写什么东西。说过之后，怕伤他自尊，便安排他写了一个东西，是一个关于"发展与环境"的征文，这是上级部门布置的必须完成但可以应付的任务。

等他拿给我看时，我挥一下手说自己不看了，让他直接给报上去。他悻悻地扭转身就要出门,我突然意识到如此对待他似有不妥,便又要过稿子来看,结果让我大吃一惊。

这个征文好得出乎我对他的意料。

他写了自己少年时代故乡的山青水秀,和小伙伴们的快乐成长。后来,村子里突然发现了煤炭资源,随即一个个黑煤窑星罗棋布。他求学在外,他的伙伴们早早辍学却靠下煤窑发了财。发了财的伙伴们吃喝嫖赌、玩乐人生,而他空怀一肚知识求职无门。对比之下,他父亲恨恨地说:"早知我辛辛苦苦供你上学是这个样子,当初不如送你下煤窑。"然后,他写了掠夺性采矿对环境造成的破坏,写了金钱、物欲对村民道德造成的普遍冲击。

我说他写得好,不是说他紧扣住了主题,而是他写出了他的真情实感。我为他能够认识并写出发生在自己身上的现实而震惊。而且,用词是那么恰当,感情是那么真挚,行文是那么顺畅。

七

那段时间正好很忙,材料一个接一个地催要,我一个人顾不过来。正好自领导和他谈话后,他工作劲头正足,只是一时未见什么成绩。他也偶尔向我谈一些工作上的想法,想博得我的支持。见他这样,更由于他的那篇文章,我起了恻隐之心,于是开诚布公谈了我对他的看法。

我说,你一是写作上存在问题,二是工作态度问题。这两个问题合到一处,就是你能否适应我的问题。首先,我明确指出你写作上的缺陷:一是拖沓,能一句说完的非要写成两句,能利索收尾的非要拖个尾巴;二是磕绊,语意不顺畅,疙疙瘩瘩得让人不忍卒读;三是牵强,词不达意,生拉硬扯,胡拼乱凑。其次,是你的态度问题,一个三五百字的小东西,里面的错别字能找出三五十个,这是任何人都不能容忍的。

还有一层我没有说出,也永远不能说出,就是他确实缺少常人应有的机灵。连传达室老孙背后都说,"别看他陈钟是个大学生,全单位数他最笨"。他的朋友厨师老常则说,"陈钟也怪了,简直迟钝得厉害,他每天在厨房吃饭,碗筷就堆在柜子里,但吃饭时总跟在我屁股后问我'常师傅给我拿个碗吧'"。

这个我也有领教。比如那天,上级业务部门发来一份传真,要求上报纪律作风整顿总结,传真落具的日期是七月六日，要求七月十日前上报。这些务虚的工作，材料报过去也不会有人细看，只要有就行，大凡这些工作我便安排他去做。稿子写好后送过来，第一句就让我傻了眼：

> 我单位七月六日收到上级通知后，迅速召开会议对纪律作风整顿工作进行了安排部署。

我的天，整顿工作已进行了三个多月，阶段性工作总结也已安排他写过好几次，他怎么能把七月六日作为整顿开始的日期呢？

我的措辞比较严厉，原想他脸上会挂不住。没想到他很谦虚，他说从来没人指出他存在的这些问题。他希望我能帮他改正，但现在他不知道问题出在哪些部位，要我以后不要直接在电脑上给他修改稿子，而是打印在纸上用笔画出来。话到了这个分上，我也推心置腹地和他讲明一些做人处世的道理。他咬着嘴唇，不住地点头。我当即输出他刚写的一份稿子，刀削斧凿修理一番，指出其中症结，他也心服口服。

这样磨合了一些时日，他的稿子比往日有些改进。经我建议，领导决定让他参加考核。我把这个消息告诉他，他眼睛亮了一下。

八

一天傍晚，大家围坐在厨房门口，端着碗扒拉着饭有一搭没一搭地闲聊。我突然想起一件事，筷子朝陈钟一指："乔家雷自杀了。"唬得一向闷声不吭的陈钟唰地从马扎上站起来："真的？真的?!怎么会？怎么会?!"刚塞进口里的饭也忘了嚼，满脸都是惊愕。

大家很少看到他如此丰富的表情，哈哈大笑起来。直到有人打趣他，他才感觉到自己的失态，不好意思起来。

乔家雷是一名记者，业务上与我们有点联系，与陈钟认识得早，我是后来通过陈钟才认识的。

我讲了乔家雷自杀的原因和经过：夫妻长期不和，那天喝了点酒回家较晚，敲门，妻子不理会，于是想不开，跑到地下室割腕自杀了。然后我说，"人啊，非要结什么婚，一个人多痛快，也不至于把命搭进去。"眼睛朝着别处，其实是说给陈钟听的，也意有所指。

陈钟迅速接住我的话茬："是倒是，可一个人只有经历了才能明白，问题是不经历怎么能明白。"说得认真，拗口,又犯点书生的呆气。我心里一笑,而旁边真的有人笑起来。

一周后,陈钟进了精神病院。

九

他住院之后,我翻拣他办公桌上的稿件、材料,突然发现了他患病的证据。

那是一张白纸。对这张白纸,我记忆犹新。

那天下午,我让他填一张表格,表格需要到网上下载,但不知出了什么问题,网络一直连接不上。我说不行先放放吧,他脱口便说:"误不了的。"往常我安排什么,他或闷头葫芦,或慌慌答应。那天听他的语气,好像当时不耐烦去做这个事情,这多少让我狐疑。

我起身,从电脑旁过到他的工作台前,见一张干净的白纸上写着一个女孩的名字和一个手机号码,字很漂亮。陈钟平常写的字,我是不大喜欢的,字的笔画之间过于壅塞,给人一种小气猥琐的感觉。但他专门写的字,如果再把字号放大些,总体看上去还是蛮漂亮的。这个女孩的名字就写得超乎寻常的漂亮,我一时怀疑是否出自他的笔下。

我笑着问这是谁,怕他起疑,说和我一个同学的名字相同。他说,"这么巧啊",迟疑一下答道:"一个朋友。"我"哦"一声,出去了。

第二天早晨,我过去和他要表格。敲门,他不开。隔着窗户玻璃往里瞧,见他一个人傻傻地站在办公室里。我再敲门,他慢腾腾过来,打开门锁。他穿一件明显见脏的白衬衣,不仅下摆没塞到裤子里,扣子也没系全。头发凌乱,胡子拉碴,目光呆滞。我问他要表格,他没理会我,自顾走到那边坐在床上。我感到有点异常,赶紧叫几个人过来,大家都肯定了他的异常,于是赶紧给他家里打电话,随后把他送进医院。

我发现,那张白纸上面除了女孩的名字和电话号码外,赫然增添八个大字:

"祸从天降,悲从中来。"

我翻看一下电话机上的来电显示,当晚九时,这个号码在电话机上出现一次。

他患病的原因似乎不言而喻。

十

即使是我,也认为他的患病与我们单位毫无关系。所以后来他母亲来找我们领导寻求经济支援,单位虽补偿了他一点,但态度比较强硬。一方面固然显示我们"难得的"的人道主义,另一方面主要是怕她得寸进尺。

她母亲泪眼婆娑,一再把领导的话语打断并把自己事先准备好的话抢先端出来,无非解释此行的目的不是不讲道理的"讹诈",只是家里经济确实困难,陈钟的父亲本就患了癌症挨日子等死,又摊上陈钟这档子事,迫不得已才来求救。她说:"陈钟好赖在这工作过,这就算他的一个家,你们只当可怜他帮他一把。"

问题是我们单位的临时工比正式工还多,凡事不能开了先例。领导讲明道理,我又在旁详细做了解释,她才抱着陈钟的被褥离去了。

在此之前,也就是陈钟住进精神病院一个月后的一天晚上,他突然从医院跑回了单位。她母亲死活没能把他拉走,只好在打字室看护了他一个晚上。第二天上午上班后,她母亲见我,说医院也住不起了,就让陈钟回家养病吧。

我去办公室看陈钟,仍是那副呆滞的样子。他认出了我,朝我笑笑,但已经不能与人正常对话。

他母亲拉我出去说:"我知道陈钟这个样子不能上班了,可我知道他的心思,不愿回家想留到这儿。但我们也不能赖住你们啊。一会儿我再劝劝他，麻烦您安排个车把我们连带他的东西送回去吧。"

她的话正中我们下怀。陈钟患病后，领导已决定对他不再留用。但顾虑他再受刺激，便勉为其难，一直给他保留着这份工作，包括工资。

我安排了车和司机，她母亲收拾他的东西往车上装，陈钟在一旁呆呆地看着。最后卷被褥的时候，他突然和母亲争夺起来，双手压着被褥，死活不让抱走，眼泪登时涌了出来。

她母亲心软了，又把我叫出去说："我哄他回去给他拆洗被子，看来他不大相信。要不被褥先放这儿吧，过几天我一个人来抱走，不会麻烦你们送了。"

于是，陈钟留下被褥并带走了办公室的钥匙，以此拴系着有一天能够重返这里的希望，极不情愿地跟着母亲回到了他很少回去的农村老家。

等她母亲再次来取被褥并寻求单位救济时，也没能把办公室钥匙给带过来。

据她母亲说，是"死活不给"。

十一

接到他这封来信,我才知道了他后来的一些境况。不知老天爷为什么总是喜欢雪上加霜,在这个时候夺去了他虽说早已患病的父亲,又给他添上一个神经性耳聋。

年关将至,单位例行组织扶贫帮困活动,我们在摄像机和镁光灯下,将事先准备好的慰问品和慰问金送给了许多我们不认识的人,但没有人想起陈钟。我原先准备请示领导将陈钟作为扶贫对象,但又放弃了。因为我了解他,凭他目前的境遇,虽说也许真的需要这点救济,但他决不想使自己成为某则应景新闻的主角,这会严重伤害他的自尊。

甚至,转眼一个多月过去了,我还是不知道如何给他回信——可能我的任何回复,都会使他的一线希望变为绝望。

然而,我眼前老是晃着他这个人,还有他拿走的那把明晃晃的钥匙。

二〇〇九年一月

生逝无依

多年之后回望故乡，即如孩童时期挤在人群中透过攒动的人头观看一出老戏。青衣红生、黑脸白脸，各色人等在锣鼓声中纷次亮相，乍隐乍现。布景，是袅袅炊烟，绿树成荫；道具，是锅碗瓢盆，耧犁锄耙；音乐，是鸡鸣犬吠，邻里争吵，安享老槐树上整日叫嚣的喇叭。一场下来，剧情虽不甚分明，但总有几个鲜明的影像沉淀心间。忽一日，他们蹦跳出来，踱方步，连空翻，冲你笑，朝你吼，挤眉弄眼，使你陷入一种迷境，游弋其间，又恍若隔世。

既有行当之分，便有喜好之异。小孩子，最是喜欢花脸、小丑，他们怪诞、夸张，有迥异的特质，最能制造或本身就是戏剧效果。于是，脑海里首先浮现出几个身影，他们是村庄中的异类，是傻子、疯子，先天痴呆或精神错乱。他们是两对弟兄，分别叫江江、海海、发顺、发财。

江江,身材高大,背略驼,乱发,阔脚,目光阴鸷,心灵似别有世界,且深不见底。表现为行为,却简单明了,一览无余:在村中穿梭,游荡,不分昼夜,似孤鬼野魂。海海,是他的弟弟,傻笑,流涎,身材矮小掩盖了实际年龄,让人看不出是二十好几的老大后生,整日端坐,絮絮叨叨不明所以。他们的父亲老同,最是村里精明人物,十八般武艺多有涉猎,且为人热情,乡亲们随叫随到。随叫随到是需要,这并不妨碍由自身优裕出发的怜悯、轻视,也许夹杂些同情。干完活儿,他们送他出门,话题又由他而起,并将他作为"精三分、憨三分、给子女留三分"的明证,惋惜而心满意足。他们的母亲,乡亲们说,唉,那一坨,似乎在说一堆破布败絮。事实也如此,并未多么添油加醋:终日劳累,自然与其他女人相形见绌。兄弟二人又有不同,海海属于完全痴傻,吃喝拉撒,难以自理。江江则不然,可以在家人指使下干一些简单活儿,比如挑水。而挑水在村里是一件大事,这就显得愈发可贵。

依乡俗,孩子寄名于最颓败的家庭作干子女,日后反可兴旺发达。所以,江江、海海在村里有最多的干兄弟。说是干兄弟,却名不副实,那是他们的父母自作主张。终于自己长大了，反倒觉得由此受了牵连，被小朋友们一起哄，惭愧得抬不起头来，干爹干娘决不肯叫一声的。为表决绝，他们在别人的鼓动下带头用石头砸江江。江江自有过人之处，眼见石头飞来，嗷嗷大叫拔腿便跑，宽大的衣襟呼呼生风，很少有人能够得手；也会气急败坏，鼓爆双眼吼叫着过来与你拼命，目光恶毒而恐怖，让人不寒而栗。令人不解的是，他被老同殴打时，却从来没有反抗，只是逃跑，或忍受，目光里含着一丝温顺。莫非他心中也有亲情？不知道有关他生存的更多细节，这便成为一个永久的谜面。但很少有人欺负海海，海海是一个纯粹的弱者，不堪一击。他只知道笑，以表示对世界的感激。夏日的夜晚，繁星点点，凉风习习，我们下晚自习后结伴回家，途经他家门口，海海总坐在一块青石板上，屁股下屎尿横流。我们趋步而过，天上人间，一副对比强烈的图像。

发顺，想起他时，呈现眼前的也是一副笑容。他的笑容却与海海不同，那是怡然自得的笑，唯心境澄澈才能如此。他父母早亡，跟哥嫂过活。勤劳，本分，一天到晚自言自语，干各种重活，无怨无艾。较之江江，他又接近于常人。比如打水，是一项较难的技术活儿：一口水井，深可盈丈，用担杖一端的钩子钩了水桶，另一端的钩子用手抓紧，将水桶下潜，触及井中水面，左右摇摆，便有井水进入桶内，循序渐进，桶内积水越来越多，桶因重力下沉，最后再用力摇摆一下，大功告成。其中关键是保持水桶与钩子不脱，用力须恰到好处。发顺便有这个能力，江江则不行，他只能靠家人打起水来往回挑。就有人对发顺说："看，江江比你差得远了。"发顺嘴一撇，不屑一顾："哼，他是个傻子，和我比什么！"围观的人哄堂大笑。又有姑娘过来，有人取笑他："嗨，给你说说做老婆吧。"憨大爷们顿时变得忸怩，连声说："咱不行，咱不行。"

小村变幻着人事，那是小村的历史，村民因之喧寂沉浮，只有他们安之若素，不为浮生所动。他们自成轴心，别是一个世界，内心相同，但不相通。作为个体，差别显现在自成风格的举手投足和日常习惯之中。三九天，寒风凛冽，总能见江江趿拉着布鞋在村里穿梭，有时也随便推开哪家大门，探进脑袋，后在主人的呵斥声中逃之夭夭，杂沓的脚步声被风声淹没。人们欢迎老同为自己干活，但厌恶江江总能在开饭时分循迹而至，打狗看主人，这样便不能如往常一样对待，总得赏他一碗饭吃。这是躲不过人情。饭是小事，被江江用污了的碗是大事，总是洗了又洗，烫了又烫，最终还是弃之不用。于是有人怀疑是老同女人教唆，厌恶之情溢于言表。发顺则不同，他帮别人干活，主人留他吃饭，居然知道客气地推脱，有人顺势作态，欺侮了他的老实。较之江江，他被自己所谓的亲人殴打得更多，甚至是家常便饭。他不逃跑，只是克制、隐忍，随后更卖力地干活，更难遏制地自言自语，以及笑。

发财，发顺的弟弟，一个羸弱忧郁的小伙子，也在哥嫂的淫威下仰人鼻息。他是一个正常人，却突然心智错乱，成了一个疯子，这样为村里凑够了两对弟兄。老天爷喜欢雪上加霜，也是不争的事实，怪只怪家门不幸。他喜欢上了邻家姑娘，人家突然他嫁，难以控制的情欲突破精神藩篱，走入了自娱自乐的极乐之境。乡亲们说，那姑娘花了他全部的钱后突然变卦，他是被气疯的。整日在土地里扒食吃的乡邻们自然把钱当成人间大事，难怪他们那么说。我想，他们不懂，情最伤人，纠缠不断，割舍不了，触景生情，自卑自怜，三月春草，见风就长，不加控制，最终误入歧途。他哭、笑、骂、引吭高歌，成为村里又一道风景。也没什么，不过是大家茶余饭后的谈资，或劳作之余滋润日子的作料。从他身上，我明白疯和傻确是不一样的。傻是缓缓流淌的河流，疯则是翻江倒海，其中蕴含了惊人的力量。一日上早自习，教室里嘈杂的读书声被他一路而来的歌声压过,他来到学校的铃铛前,抬头琢磨半天。铃铛是一截铁轨,用铁丝穿了挂在一根横木上,横木就那么自然搭在两根石柱顶端,没有任何固定。他突然跃起,双手攀抓在横木上,然后前后游荡,身子渐至和横木持平。我们惊呆了,一个个透过玻璃屏息观望。有那么一瞬,潜在心底的恶的本性发作,我竟期望横木从石柱上滚下来。最后,他居然安然无恙地跳下来,唱着歌走了。

一天早饭时分,村边传来老同女人的哭声,就有人出去观望,说是海海死了。前几日,海海在炕上睡觉时裹着被窝滚到火上,皮肤被大面积烧伤,老同夫妇也没带他到医院给他治疗,就那样痛得整天号叫。大家庆幸他终于死了,庆幸之余,又怀疑老同夫妇做了手段,老同女人的眼泪便大打折扣。这个话题争论了好一段时间,也滋润了村民好一段日子。一次饭场上,有人对老同说,现在村里数你活得逍遥,姑娘长得出溜,孩子又有一把好力气。孩子是说江江,老同讪讪地嘿嘿笑着。这话不无打趣的成分,聪明的老同固然明白,但只能赔笑,否则拂了人家哪怕那么<u>一丝丝</u>的好意。又过了两年,江江突然暴毙,原因不得而知,这愈发增添了人们的猜测。无论如何,老同女人及他们的家逐渐干净利落起来。一波未平,一波又起,一个冬日，发财也死了，是煤气中毒。死亦有别，在通往天堂的路上，他没有任何亲人的哪怕是虚假的一滴眼泪。

四个死掉了三个，单剩下了发顺一人。三十年后，我回到故乡，又见他担着双桶到村边挑水。小村破败，贫穷，还没有安装水龙头，而此时，我居住的城市，街心公园的大型喷泉正随风共舞，迷幻万端。一切依然如故，只是居于其间的人正在衰老。他没有多少变化，在他的世界里，岁月无所谓风霜。井边再没有村民聚集成群的景象，外面的花花世界在召唤着他们，他们各奔前程，发顺的身影便显得孤单。他勾桶、弯腰、探头、摇杖，娴熟而专注。水桶触及井壁，当啷作响，金属声被水井箍着，浑厚，悠远，把小村的寂寥打得粉碎，之后更加岑寂。死的已经死了，活着的又能如何？他们生存，或消逝，一些深可悲戚的东西，在村民们眼中，成了天阴下雨，天晚日落，即便偶有幽微之情，也随即作罢，不复提起。

二〇〇五年一月

邂 逅

上大学时从天津坐火车回家,在河南新乡中转。新乡之前,有一站是卫辉。有一次,火车轰隆到卫辉,突然有人说,新乡到了。我们一大帮子人,呼啦一下提着大包小包下了车,一个都舍不得落下。等火车的轮子再转起来,我们才回过神来:错了。但毕竟因此在这个小城市的火车站附近逗留了一两个小时,我还把一块并不怎么碍我事的石头一脚踢得老远。这件事情让我认识到人生的奇妙,就像那块被踢飞的石头,这个我们压根儿没想要来也不值当来的地方,居然来到了,不是鬼使神差是什么?这样的城市还有几个。比如有一次,我们领导,突然打电话让我和他见面,一见面,便让我上车,车就开始走,一走几个小时,我问都不敢问去哪里。到了地方才知道,那里有一桩案件,领导亲自坐镇指挥,让我亲历一下,回去好做报道。这也是一座小县城,叫什么名字都想不起来了。我对它的唯一印象是,晚上睡觉前,我们一伙人因为饿,都到旅馆对面的那家饭店吃烩面。那个香,空前绝后,一改我对羊肉烩面的片面认识。之后一见到或想到烩面,就想到那个待过一晚上的模糊的县城。可它到底于我只是完全偶然的一面之缘。

这是城市,还有某个城市的某个地方。比如在重庆,我们住某个宾馆,几个人相跟出来散步,误打误撞到了一个叫"十八梯"的地方。那破与旧,那拥挤与嘈杂,那真切切与活脱脱,简直是砌在重庆城中的一块活化石。但假如我们不住那个宾馆,就未必会到那个地方。而这种不到,会让到过的我认为是一种错过。还有在湖北咸宁,我们去办案,因为要了解一个情况,就上了一座什么山。我们租了一辆三轮车,三轮车在盘山公路上努着劲爬行。三轮车外下着雨,整个山上雾蒙蒙一片,唯独可见无边无际高耸入云紧紧依偎的丛丛翠竹。车行走在迷宫中,我们在车斗里恍惚着。等把我们拉到山头,天恰巧黑了。在一座简陋的房子里,我们见到了住在山上的森林警察。了解完情况,人家尽地主之谊,请我们喝酒。旁边是木炭火,火上架着锅煮各式蘑菇。米酒很甜,好下口,但上头。人家一碗一碗地敬,我们一碗一碗地喝,一会儿就喝晕了。当晚住在山上,因为喝多了,倒头就睡。第二天一早,人家就安排我们下山。又是三轮车,又是雨漫漫,又是雾蒙蒙。从恍恍惚惚,到晕晕乎乎,再到恍恍惚惚。我们都怀疑是否来过这么一个地方,也许是做过的一个梦?就是梦。

这是地方,还有人。还说在天津,因为我们是个"破"学校,所以就羡慕人家"好"学校。其实我们学校也不破,就是名气不大,满足不了我们青春年少的虚荣心。记得有一次学校搞调查,让我们为学校的发展献计献策。我就白纸黑字写道:将我们学校并入南开大学,成为南开大学的一个学院。多么虚荣,估计校长看了能气大脑袋。因为羡慕人家好学校,于是有一次,一不小心跑到南开大学。在敬业广场前,(你看,我还记得人家广场的名字!)正在进行一场音乐会排演。台下没有几个人,就是排练的演员。你道他们都是谁,一大串个顶个的音乐家:刘炽、王莘、李德伦、严良堃、闵惠芬、陈钢、吕思清、王秀芬……主持人是刘璐和瞿弦和。而且,我和人家坐在一条板凳上,近到能数清人家脸上有几颗痣、几块斑。晚上,我就不吃不喝赖在那里,看完整场演出。台标打出来,才知道是"二十世纪华人音乐经典演唱会",为的是南开大学七十五周年校庆。(唉,我们学校二百年校庆也搞不出这个动静!)晚上再看那些人,远没有白天可爱。因为在台上,只能一本正经,而且化了妆,我还离人家那么远!我记得,主持人报幕:《梁祝》,小提琴协奏曲。李德伦和吕思清一出来,台下欢声雷动。李德伦摆摆手,又指指自己的耳朵,意思是说,音乐靠听。仅这一下,我就为自己庆幸,并因此激动了好几天。音乐靠听,多么简单,又多么富有深意。我担心,这辈子再难一下子遇到这么多令我心潮澎湃的人。

说完人,再说物,单说一种茶。我的岳母,在街上有两间门面房,租给了一个卖茶的福建人,让我帮她和人家打合同。事情办妥,我就问人家,有什么好茶?他说了一种茶名,我根本没听说过。我让他把这几个字写给我看,结果是金骏眉,果真没听说过。问价格,千元一斤。因为我们这层特殊关系,给我八百元。我就试包了一两。紫砂壶,纯净水。一泡,果真好茶,汤美艳,味醇厚。再泡,味道更佳,花香、果香、蜜香一应俱全,缭绕舌间。于是欣喜由内而外层层荡漾,不能自持,浮于眉眼。妻子下班回家,见我这副样子,不由感慨:"多少年了,就没见你这么高兴过!"于是我上网查,知道了这种茶的来龙去脉,知道它出自武夷山,是近几年几位茶人研发出来的新品种,难怪陌生。几天后,我恰好要到武夷山。闲暇时,我到山下鳞次栉比的茶肆,挨家品,专品此茶。虽然都叫金骏眉,价格从几千元到几百元我尝了有几十种,偏偏喝不出那种令我欣喜的味道。最明显的是,这里的茶都有一种浓浓的醇味。我就迷惑,想,也许我喝过的金骏眉也是这种味道,只不过挪了地方,又因为一时的偏爱,夸大了它的美好。于是,拣不同价格,又买了几种。回到家,迫不及待泡了家中的金骏眉。结果发现,还是这个好,像记忆中的一样好。我突然意识到,此茶不可多得!于是迅速驱车赶往福建人的茶铺,把他这个品种的金骏眉全都买下。可惜,只有四两!慢慢品,慢慢分辨,逐渐理出点眉目。据说,金骏眉从正山小种演化而来,但我的这种,味道却偏向大红袍,味道更清气一点。也许,它并不是正宗的上品金骏眉。但我知道,它绝对是属于我的茶,并被我侥幸遇到了。

不期而遇,谓之邂逅。这种奇妙,唯可用缘分释之。还是张爱玲的那句话:没有早一步,没有晚一步,刚巧赶上了。偏偏这些刚巧赶上的东西,点缀了我们枯淡的人生,让我们认为,活着大约还是有些意思的。

二〇一一年五月

物的叙述

书　柜

　　书柜转角设计，左右对称，撑满书房的两堵墙。它与门相对，呈半抱之势，环拥着书房里的一切和随时走进书房的我。

　　这是一套造型别致的十门书柜，通体向上延伸，就像倨傲的人挺直上身，亦可视为一种伟岸。当时装修这套房子选取家具时，在一家不太景气的建材装饰城发现了它，标价一万八。我一眼就相中了它，和老板讨价。老板说，这套书柜在这里搁置已经快三年了，从来无人问津，如果我要，只收取七千元，也算帮他除掉一个累赘。于是，我赶紧按照书柜的尺寸，侵占掉餐厅的一些面积，扩建了本来不大的书房，只多出一公分的回旋余地。后来工人安装时，还是遇到了麻烦，因为固定书柜的螺丝长两公分。最后一组,是他们想尽办法硬塞进去的。

从空的书柜到塞满书籍,并非像吃面条那般随意,筷子挑住哪穗儿是哪穗儿。仿佛写文章,最初总是有着一个模糊的结构意识,哪个情节放什么位置占什么比重,大致得做到心中有数。首先是大部头,那些喜欢的作家的全集或准全集,比如国内的鲁迅、沈从文、张中行、王小波……国外的门罗、马尔克斯、理查德·耶茨、马洛伊·山多尔……还有一些必不可少的像《资治通鉴》《史记》之类的经典,它们独自或简单结伙就能占据某个单元的某一层。接下来是零散书籍,只简单归类。国内的,只厘出现代和古代;国外的,仅分出喜欢和不大喜欢的。最最喜欢的,自然放在自以为保险的隐蔽位置,别人不会轻易看到——得承认,我当前的写作意识、思维、习惯,大部分都是由它们构架而来的——它们毋庸置疑地成为我的守护神。剩余的那些,多,却只构成某种背景。

书在不断增多,只好竖的上面摞横的。边沿处还有恰巧一书宽的空档,也把它横着摆上半层,只隐约露出后面竖插书籍的上半部分书脊,一个字或几个字,大概判断它是哪本就行。

书柜间隙,还会见缝插针放置一些自己喜欢的东西。上大学时就收藏的墨锭、印泥、石料，迷上香烟后收藏的各式烟灰缸，还有紫砂壶、铁壶、石壶、茶砖、镇纸、熏香炉等等。我这么无趣的人，偏偏喜欢这些小玩意儿，不止书房，把满屋子摆得到处都是。每逢妻子看到屋子杂乱无从下脚，一生气便说："哪天趁你不在，全从窗户给你扔出去！"

书柜的拐角处，横着一把宝剑，不锈钢制造，当年在平遥古城买的，只花了五十块钱。这么漂亮的东西，才五十块钱！兴冲冲进了一座寺庙，有人推荐我烧高香，我想都没想就接过三炷香烧了。烧完，递香的人便叫我捐功德，而且，那口气，蛮横得很，不捐都不行。（他就没看我提着宝剑吗？）我疑惑地问他捐多少。他说，"十万八万不嫌多，三万两万不嫌少"，吓了我一大跳——"三万两万不嫌少"，岂止你不嫌少，我也不嫌少啊！好说歹说，丢下一百块钱了事。出来后，讨便宜的感觉早已无影无踪。我从剑鞘里抽出半截剑身，比画一下，想象如果自己会武功，是否可在里面与他们厮杀一场。

书柜就像微信朋友圈，一眼扫去，能大致判断主人的品位性情。朋友圈里，最见不得刷鸡汤，还特别不忘在括号里加个四个字："深度好文。"凡此类，我绝不会把它点开，眼不见心不烦。书柜里，最见不得那些乱七八糟出版社推出的那些装帧恶俗的书籍，它们通常按斤推卖，为的就是让某些人花最少的钱装点一个看起来似乎像样的书柜。其实就是如此，别人喜欢的，你厌恶；你喜欢的，别人没准也会厌恶。不同于朋友圈的是，懂你品味的人，你却对他们怀了些许戒心，因为书是可以借走的，这和转发朋友圈绝对不是一个概念。

前几日电视台对我做一个采访，专门在书房取景。片子出来，我看到某个镜头定格到三套一本的《金瓶梅》上，就暗自好笑，心想不知好事者看到这个会作何想？犹记得入手这套书的场景，那是一九九八年或稍晚些时候，我和一个同事去太原出差，在地摊上买的。当我把它们纳入包中时，我看到同事脸上诡异的笑容。他虽然没说什么，但我知道他在想什么。关键是，那时没有人知道我在偷偷写作。这是一套盗版删节本，到处都是错讹。后来学会网购，我专门花不少钱从香港订购了一套正版足本，也放在那套删节本的不远处——我就想，如果我是摄像，不妨来个小小的恶作剧，让镜头两次在不同的两套《金瓶梅》上徜徉，定格。哈。好吧，想告诉大家的是，这套书我迄今没有读完，但我知道，我迟早会把它读完的。

二〇一七年十月

佛 珠

我对腕戴佛珠的喜爱，即如女人之于镯子。我曾想，假如有一天我有了钱，一定会给妻子买一只纯绿的翡翠镯子，而我则会买一串纯绿的翡翠佛珠。我又想，假如有一天我真的有了钱，仍然一定会给妻子买翡翠镯子，而自己则不一定会买翡翠佛珠。因为手头的这几串，虽不值钱，却已经很是让我喜欢了，尤其这一串。

这串佛珠，是在九华山买来的。说买，似不妥当，佛家人多说请，但我的确是买来的，讨价还价。想起九华山，就想起一个词：风雨飘摇。从上山到下山，整整三天，几乎一直下着雨。虽然在导游的鼓动和带领下，我们还是按照行程安排擎着雨伞转完了一个又一个景点，但如今回忆起来，只是眼前密麻麻下着的雨，耳边哗啦啦响着的雨。雨把一切都遮蔽了，就像做了一场湿淋淋的梦。

永不停歇的雨，把人的游玩兴致消弭殆尽。但上山当晚，我还是非常兴奋的。等导游把旅馆安顿好，我迫不及待跑出去到满街的小商铺挑佛珠。在往旅馆走的路上，我已经看到它们，心里痒痒了。

终于在一个玻璃柜台里，看到了躺着的这一串。十四颗珠子，刻了整部的八十四句的《大悲咒》，这还不足以让人喜欢吗？当然，我对佛经一无所知，可谁说一无所知就能够妨碍某人对某物的喜爱？问材质，店主说是绿檀木。印象中，檀木是很贵的，所以料想珠子也很贵。一问价格，开价八十。试着还价，几个回合下来，压到了四十，认为自己占了好大便宜，兴高采烈买回来，顾不得擦脸上的雨水，炫耀给同伴看，大家都无动于衷。

半个晚上，爱不释手。在我看来，佛珠真是适宜人把玩的东西，拇指拨弄，念念有词，循环往复，无休无止！我想，就为了这串珠子，回去后也得了解一下《大悲咒》，因为刻的虽是汉字，但是音译梵文，根本看不懂的。

戴着这串珠子，我开始了九华山之旅。除了雨，就是庙，无休无止的雨，大同小异的庙。终于厌烦了，每个人都厌烦了，大家都决计在旅馆休息，不出去了。但导游心不甘，好话歹话说尽，我们终于答应坐缆车上最后一座山峰，看她宣称的"最值得一看"的景点。谁料想，山上风更急，雨更大，数米之外即不见物，白白搭进一百多元的缆车钱，想必这里面有她们的回扣。因为受了导游的骗，下山路上，怨声载道。

在山上躲雨时，我走进一个小商店，结果又看到和我手腕上相仿的一串珠子。一问价格，十五元，看来山下店主欺生，我受骗了。仍然说材质是绿檀木，我就问檀木为何这般便宜。店主说绿檀木本就便宜，贵的是黑檀和紫檀。我甚至怀疑，这是否绿檀木也说不定。说到底，这就是批量生产的旅游纪念品。因为转了那么多庙，见了那么多僧人，居然没见着有谁腕上戴着这么花里胡哨的东西。

同样是受骗，这个却不恼怒，不知这是否也算佛家说的业障？甚至，因为山上便宜，我赶紧再买一串，只不过换了别种样式。因为买东西，落在队伍后面，我赶紧在雨中深一脚浅一脚追赶。

下了山，到停车场还有一段距离。山脚下，雨明显小了，四周风景清晰可辨。我们沿着一条小溪走，七转八转，就转到一个尼姑庵前。结果，看到这样一幕：一个老尼姑，佝偻着身子站在庵檐下，一只手持一长串佛珠，另一只手朝我们不断勾动，招徕我们到她庵里拜佛。半只衣袖，被雨水打湿，让宽大的灰色僧服呈现出深浅两种颜色。满脸的皱褶，堆出谦卑的笑。缺了的牙齿，让笑显得既无助，又空洞。那一刻，我感觉面前的似乎不是佛门。

佛门境地，如此瞎想，罪过罪过——可事实分明这样。

物的叙述

那一刻，雨似乎完全停了。

据导游说，九华山共有寺院九十九处，想必此也为一处。同样是寺院，香火悬殊，有的旺得不成样子，各色人等熙熙攘攘，摩肩接踵，有的却香客稀疏，门可罗雀。我想，撇去种种冠冕堂皇，繁文缛节，她招徕游客，最终还不是为了那几个香火钱！

突然心生不忍，我赶紧趋步离开，把老尼留给身后的人。

坐在车上，这幕景象在我脑海里久久盘桓。我用拇指拨弄着这串佛珠，想，所谓佛门，实质依托俗世而存在。常言说，佛门四大皆空，众生平等，看来只是一个哲学的意象。其实，彼岸和此岸，都是一样的。

二〇一一年一月

书　签

这枚书签，本来是要送人的。后来，因为某种原因，没有必要了，我便留给了自己。许多东西就是这样，它的归属纯属偶然。就如人一样，你与恰巧碰到的那个，发生了你们之间的故事。说得狠些，几乎可以拿爱情拿婚姻当例子。或者说，有的东西，碰巧是你的，因为没有早一步,没有晚一步。

我真是喜欢这枚书签,越来越喜欢,看到它心里便泛出一波一波淡淡的欣喜。喜欢它女人腰身般优雅的造型,喜欢它纤尘不染的不锈钢质地,喜欢它辉映周遭的闪闪银光,喜欢最初拿起它时的冰凉和随即被皮肤濡染后的温润。还有,那粒悬挂在尾部的小小的镂空的十字架,它素常携带的冰冷、庄穆气息,完全被自身的精致所消弭,让缀连它的书签平添一种神秘意象。

我遇到了烦事,想起了老托尔斯泰。总有这样的时刻,让我想起他。老托尔斯泰,最能让人回到人本身。

本来是要重读《安娜·卡列尼娜》的,我犹豫了一下,拿起了《复活》,它们并排站在我的书柜里。我依稀记得购买时的场景、心境。在一个小书店,光线阴暗,外面下着雨,女售货员懒洋洋地从柜台上抽给我。十七年了,时间竟然过得这样快,鱼儿跃出水面一般。我曾无数次翻阅《安娜·卡列尼娜》,直至随便打开哪页,就能轻易融入书的氛围。但《复活》,却从没越过最初三章,哪怕是硬着头皮。我记得有人问过我这个问题:读过《复活》吗?能顺畅读下去吗?我摇摇头,有一丝惭怍和遗憾。"凭着万能的上帝,面对神圣的福音书和赋予它生命的十字架……"托翁著作中对宗教的思辨，以及始终弥漫的厚重的俄罗斯气息，让我想起十字架。于是，我找出这枚书签，想要它伴随我走入《复活》。

居然这样顺畅地读下去了，顺畅到不忍放手。书签是善意的休止符，是对读书活动的一种间断，或者说是对两次读书活动的承续。这种承续貌似无意，却有着颇具内涵的积极力量。所以，在这本书里，它很少有机会发挥自己本质的用处。它的身体，呈裁纸刀模样。更多的时候，我让刀尖伴随目光划过那一行行文字，或者在沉思的时候，绕于指间，掠过皮肤、嘴唇，感受想象中的刀锋。时过境迁，许多问题迎刃而解。我甚至不能明白，如此亲切的小说，当初我为什么没能读下去，难道是因为年轻？

美的东西，通常是简洁和优雅的，在此基础上，也并不排挤一些锦上添花的必要缀饰，但这种缀饰绝不能累及事物本身。托翁的著作让我想到这些，这枚书签也让我想到这些。托尔斯泰是个不注重文体的作家，他从不屑于玩弄叙事上的花招和诡计，听任事件按照自己的轨迹前行，所谓"平铺直叙"，至多，有点倒叙，插叙。然而，整个作品却雍容大度，浑然天成，《安娜》是，《复活》更是。有人曾说，这恰是伟大才华的标志，是你学也学不来的。再看这枚书签，有造型，但不招摇；有色泽，但不绮丽；有曲线，但不妖媚；有枝节，但不繁复。它温和地散发着魅力，淡淡地吸引你的目光，生发你的情感。好滋味，其实总是淡淡的，饕餮之徒才喜欢浓烈。

它甚至可作一枚簪子。我想象它如何穿过一个女人的油亮的发髻，十字架不规则地晃动，映衬着女人的一颦一笑，一嗔一怨，一举一动。

二〇一〇年十二月

吃食忆旧

蜂蜜水

姑姑嫁到了城里,但并不能改变她继续做一个穷人。小时候,我们所有小孩子,都想当然地认为城里人比农村人富,甚至许多大人也这么认为。这是因为,他们总能带来一些我们没见过的东西,比如,姑姑回家省亲,就给奶奶带回来一瓶蜂蜜。有一次,她给奶奶冲蜂蜜水的时候,我恰巧也在那儿,奶奶让她也给我冲一碗。姑姑把蜂蜜水冲好,并没有立即端给我喝,而是先问了一个问题,"你妈妈背后说过奶奶的坏话没?"这个问题很好回答,我说"没"。她又问了另一个问题,"如果有一天你妈妈和奶奶吵架,你帮谁?"这个问题的难度,不亚于后来的"你妈和你媳妇儿掉河里先救谁"这个跨世纪难题。我知道,如果我说"帮妈妈",注定蜂蜜水喝不上了,只好说"帮奶奶"。蜂蜜水终于喝上了,但喝得很愧疚。过程中愧疚,事后想起来更愧疚。后来,我但凡做了没骨气的事反省自己的时候,总会意识到蜂蜜水是一个开端。

鸡　蛋

小时候,很长一段时间,我每天要喝一颗生鸡蛋。可能由于这个原因,我后来面相还算滋润。大致情形是,我家鸡窝里那只母鸡"咯咯咯"一叫,我就知道它下蛋了。我会迅速把手伸进鸡窝里,摸出那颗余热犹在的鸡蛋,把鸡蛋随便在什么上面一磕,小心翼翼地剥去一小片蛋壳,抠出一个大小合适的洞来,仰起脖子,把蛋液倒进喉咙里。虽然那是个物质金贵的年代,但父母似乎也不以为意,我迄今仍记得他们满含笑意地看我吞食鸡蛋的样子。应该是,中间换过几只母鸡,我已经记不清了。因为一只母鸡的寿命,不会长过我吞食生鸡蛋的整个时间长度。何况,那时黄鼠狼经常光顾。但有两只母鸡清楚地留在我的记忆里,一只是被黄鼠狼咬死后,母亲看着可惜,她居然自己褪了毛用菜刀开膛破肚收拾干净后给我炖着吃了。这个事情,曾一度在小范围内被小朋友们传为笑谈,搞得我很没有面子。他们笑话我的原因是,一只被黄鼠狼吸过血的母鸡应该被扔掉而不是吃掉的。另外是一只非常漂亮的芦花母鸡，它的失去很有戏剧性。一天，一位远房姑姑，来我家告我母亲他儿子要办婚事，依据风俗，婚礼上要宰杀一只母鸡，她相中了我家那只羽毛油光闪亮的芦花鸡，便和母亲讨要，碍于面子，母亲虽然万般不舍却是不能不答应的。好在婚期还早，她说过段时间来抱。等她走了后，母亲思虑再三，还是觉得不能白白好过了那家亲戚。于是，在一天收鸡的小贩来村里时，她把那只母鸡卖掉了。等那个亲戚再来，她说真不巧，鸡前几日被黄鼠狼咬死了，好可惜。她们一起惋惜，并咒骂了那只子虚乌有的黄鼠狼半天。在重新续上一只新母鸡并等待它一天天长大的那些日子，我自然是没有鸡蛋吃的。我现在想到的是，那个亲戚怎么能提出那么过分的要求，而她后来面对我母亲的回答时，她是不是也不相信那么巧就被黄鼠狼咬死了。

红薯干

煮熟的红薯用线串起来，吊在炉火上方慢慢让它失去水分，就成了红薯干。红薯干是小孩子最好的零食，好吃是一方面，关键是够硬，一小块能嚼好半天。一次我和广中玩，我衣兜里装了红薯干，一边玩，一边吃。广中和我要一块，我没给他。没给他也不影响我继续吃，并继续和他一起玩儿。我没给他，并不是不想给他，只是没把他的要当成一回事。在那种年月，谁手里有吃的东西，总会引得其他小伙伴来要，大家都很饿，都很馋，要的人多了，也就不当成回事了。就像我也经常和别人要东西吃，他们也未必给，给不给全看当时的心情和感觉。一块红薯干，吃到最后只剩一小块没多少味道的小尾巴，一般人通常会把它给扔掉。吃食金贵，但这个小尾巴并不金贵。我在扔一块小尾巴的时候，因为是抛起来扔的，不小心就扔到了广中的手里，他误以为是我给他的，迅速就把这可怜巴巴的一小块送进了嘴里。我一下子心痛并惭愧起来，赶紧从兜里掏出好几块递给他。

丸子汤

我初中住校，每周父亲会给我五毛零花钱。晚自习过后，我们会三五结群涌到离学校不远的镇中心广场，大多数情况只是出去消遣一下，也偶尔会吃一两毛钱的零食。广场边一溜吃食小摊，卖丸子的就有好几家。那时丸子的价格仍旧是一分钱一个。有钱的吃两毛钱，没钱的吃一毛钱。五分钱，他们也卖。有一天，正是摊贩准备收摊的时间，有位同学想吃丸子汤，于是我们偶尔遇到这种情况：

他要吃一毛钱的丸子，而那家摊贩锅里所剩丸子已经不多，也许看我们小孩子可怜，就说，剩余的一毛钱你包圆儿吧。这就给我们创造了一个吃丸子的新方式，每晚自习过后，我们会一堆人结伙到那边，其中关键是保证有一个身上有一毛钱，然后，每人瞄准一个摊贩，开始数他们锅里剩余的丸子。等哪家丸子剩余数不多时（当然肯定得超过十个），那个持一毛钱的家伙，会过去说"一毛钱把你的摊子包了吧"，他们反正准备收摊，也会认可我们这种讨价方式。于是，付钱的人吃丸子，不付钱的喝丸子汤。整整一锅汤，我们会喝个精光，那个香啊！有一次，我们一堆人中加入一个半吊子，他第一次参与这种活动，不大掌握要领。过去后，他直杵杵地对他盯的那家摊贩说，"一毛钱把你的摊包了吧"，而人家锅里还有大半锅丸子。结果，他得到的回答是："爬你妈的！"这个事情好一阵被我们传为笑谈。

酸梅粉

我刚上初中的时候，父亲所在工厂的商店里售卖一种叫酸梅粉的小零食。白色粉末，装在一个火柴盒大小的透明塑料袋子里，附带一把比挖耳勺大不了多少的塑料勺子，一毛钱一袋，酸酸的、甜甜的，很好吃。因为勺子小，能够吃好久。关键是，一毛钱，恰巧是我们能够承受的不需太犹豫的价格。在工厂大院里跑来跑去和小朋友们玩耍的时候，总有几个小孩子手中捧着酸梅粉。记得有天工厂里唱戏，大院里坐满了人，父亲也在其中。我捧着酸梅粉从父亲身边跑过去的时候，突然心血来潮，想让父亲尝尝酸梅粉的味道，就扭转身舀了一勺往父亲嘴里送。父亲先是瞪大了眼睛，稍微停滞了一下，然后满面欣喜地把那一丁点白色粉末舔了进去。我问好吃吗，父亲说好吃。我又要给他挖一勺，他摆手拒绝，我便蹦蹦跳跳追赶别的小朋友去了。后来我有了孩子，当孩子偶尔把零食分享给我的时候，我总是想起我喂父亲酸梅粉那个场景。也许这个事情父亲压根就不以为意，或者早已湮没于记忆之中，但我仍很高兴自己做过那么一件事——我代父亲体味到的那种酸酸甜甜，远超过酸梅粉本身的味道。

刀削面

我大姨、大姨夫是双职工，居住在另一个城市。双职工在当年是个了不起的词语，事关富裕、优裕之类的，起码，吃穿不愁。有一年，父亲带我去大姨家走亲戚，那是我第一次坐火车。火车上有卖午餐的，大米盒饭，盒子是透明的，一块钱一份。父亲说，火车上的饭，又贵又不好吃。父亲的话，我只相信一半，只是贵，未必不好吃。或者说，看上去简直很好吃。在大姨家那天晚上，吃的是刀削面。大姨夫很神奇，他削面，不用那种我后来才见识过的专用刀子，而是直接用菜刀，这样削成的削面，虽然不及饭店的细，但比饭店的筋道。那是我第一次吃刀削面，肉卤，肉丁密密麻麻的，太好吃了，我就不住地吃，吃到嗓子眼为止。我心满意足，不住地拍着滚圆的肚子说，撑死了，撑死了。大姨夫问父亲，你就没给孩子做过刀削面？父亲赧颜，说不会。等大姨、大姨夫收拾走碗筷进了厨房，父亲黑了脸低声训斥我："不嫌丢人，吃撑了不悄悄的，还炫耀！"不是嗔怪，是货真价实的训斥，不在乎声音有多低。后来我才意识到，父亲训斥我，不单是我的教养问题，更重要的，是我的下作吃相，暴露了我家的贫穷，让父亲这个大男人在他一直就不服气且暗暗比拼的连襟面前丢了面子。我就后悔死了。

羊肉串

高中之前，我没见过羊肉串，更没吃过羊肉串。班里那些城里的同学，总有人会提起羊肉串，说如何如何好吃。一次回家，在路边等公交，看到一个中年男人支了个那种最简易的烧烤架在卖羊肉串，这才第一次见识了羊肉串是什么样子。瘦巴巴的几粒肉穿在一根铁丝上，瘦长的样子像电视机里非洲难民站成一排的模样。因为架子里木炭怎么也燎不旺，扇起来的炭灰把正在烤着的肉串搞得脏兮兮的。我怯怯地问羊肉串怎么卖，他说两毛钱一串。因为看上去那么瘦，我无师自通地认为，羊肉串大概不是能够只买一串的。经过初中多年实践训练，讨价已成为我买任何东西的习惯，便问，五毛钱三串卖不卖。他答应了，开始比刚才更卖力地扇火。事实上，进口后，也没觉得怎么好吃，所以吃得潦草，想盛名之下其实难副，这么脏的东西到底有个啥吃头，倒也没吃出大人提起羊肉时惯常会提到的膻味。这个事情就这么过去的。过了一段时间，班里一位同学炫耀他昨晚吃羊肉串，说"可是吃爽了"。他的话也勾起了我炫耀的欲望，我便说某天我也"吃爽了"。他问，吃了几串？我说，三串（那一刻，我庆幸自己临机决断的聪明，没有像最初念头飘过时的那样：只买一串尝尝）。他鄙夷道，三串能吃爽？——不是一般的鄙夷，是很鄙夷。又过了很多年，我上了大学又参加了工作，一位朋友请我正经八百吃烧烤，我才知道羊肉串是要三五十串点、一二十串吃的（顺带知道了地道的羊肉串也可以很胖），这才理解了那位同学的鄙夷。

擀面皮

高三时，学校门口来了个卖擀面皮的，五毛钱一碗。第一次吃擀面皮，还以为里面的面筋是海绵块。吃了一次，也就爱上了，时不时会去吃，代替午饭或晚饭。临近高考，食欲怏怏，时值盛夏，这种凉面最合胃口。有一次，我正在吃擀面皮吃了一半时，过来班里两位女同学，也坐下来吃。我一下子就慌了，因为我知道，我兜里只有五毛钱。到高三那一年，我们兜里的钱比以往都丰裕，而且随着年岁渐长，一起吃饭帮着抢着付账也成了常事，反正是我请你，你请我，谁也吃不了大亏。我知道，即使我放慢速度吃，也会先于她们吃完，而此后，我小气的形象肯定在她俩心里坐实了。我面部发热，浑身冒汗，匆匆把碗里剩余的那几口扒拉到嘴里，从兜里掏出那五毛钱，扔给老板，连话都不敢朝两位女同学说一句，仓皇逃离了。很长一段时间，我身上的钱不足够多，都不敢一个人去外面吃饭。

饺 子

我父亲当年在外地工作时,工厂里有一个朋友叫张建中。他们关系非常好,但有一天,张建中要与父亲断交。断交的原因是,他觉得父亲太优秀了,他配不上做父亲的朋友。而父亲优秀的证据之一是,父亲出身雇农,而他的出身是中农。当然,还有别的证据,不一一道来。张建中处了一个对象,叫李云萍,出身更不好,是黑五类。于是,像父亲出身一样好的一干人劝说张建中,让他和李云萍把关系给断了。当然,后来张建中还是和李云萍结了婚,而且后来,两个人都调回了省城。时间飞逝,转眼就近二十年,那年我高考失利,父亲突然想起,李云萍的那个"黑五类"父亲,是某大学的一个领导,他就想,看能不能找找张建中两口子,帮我说说上大学的事。这样,我们就上了省城。结果是,李云萍说自己的父亲已经退居二线,帮不了我们这个忙,我们只好悻悻折回。这些都是背景,接下来说饺子。上火车前,我们需要吃晚饭,就在站前一家小饭店。饭店里有三张桌子。一张桌子已经有人,他们有菜,有酒,两个人慢悠悠地吃菜、喝酒,根本不像准备上火车的样子。我们挑了另外一张桌子坐下,老板过来招呼我们,拿来了菜单。父亲说不点菜，吃点主食就行，问有什么主食。老板没回答有什么主食，而是问就不点个菜么？那两个喝酒的人都把脑袋转向我们这边。在他们三人目光的夹视下，父亲的面容显出些许不自在。因为我看到父亲的不自在，便也羞愧起来。突然，父亲看到柜台上摆着几盆凉菜，替自己解围似的说，来盘花生米吧。老板过去盛了一盘花生米过来，说，就这？父亲没理他，又问有什么主食。老板看到从我们身上已经榨不出什么，面无表情地说，饺子，刀削面。父亲说来一斤饺子吧。老板又问，啤酒要不？我替父亲回答，不要！在等饺子期间，我和父亲一粒一粒地吃花生米。我突然觉得，父亲连这盘花生米都不该点。那一刻，我无比憧憬自己以后能出息，能有钱，能点得起菜，可一想连个大学都上不了能有什么出息，只好继续默默埋头吃花生米。饺子上来了，倒是大大一盘，但破了好几个，饺子皮看上去也软塌塌的，我们就了醋一个一个吃。吃的过程中，我发现饺子中间有一根粗的削面。父亲说，看来他们饺子削面用一个锅煮。我犹豫要不要吃掉那根削面，我想父亲也犹豫了。最后，我们都没吃，让那根削面横在那个空旷的盘子里。直至现在，我始终能够想起那根削面最后的孤独模样。

二〇二〇年七月

防盗门

随着防盗门"嘭"的一声巨响,或者有时是两声、三声,我走出家门。通常的状况是,走个十来八步,我还要返回来,用钥匙把门打开,拿上忘掉的手机或其他一些什么东西。如果家里有人,有时不等我用钥匙开门,他们便会帮我从里面打开,并说预料到我准会这样,他们已经习以为常。如果家里没人,即使没落什么东西,有时我也会返回来,因为我总怀疑没给门上好保险。事实上,保险总是上好的。于是我怀疑自己患了强迫症,并且想据此发挥一篇小说,题目就叫《强迫症》,写了几千字,终究没有写成,后来这几千字也因电脑硬盘毁坏彻底弄丢了。

这个防盗门逐渐走形,有时一下子碰不住,需要狠命地碰两下、三下,"嘭"的一声便成了两声、三声。终于有一天,门碰住后用钥匙无论如何打不开了。万般无奈,只得凭借门外墙上层层覆盖的千疮百孔的小广告叫了一个专业开锁的。毕竟是行家，他鼓捣了一小会儿，成功把锁打开。我问他锁是修是换，他说他试着修修。卸锁的当儿，他问我是干什么的，我说公安局的。他不相信，呵呵笑着说"我这开锁是经公安部门备案的"，正当生意。我说，"你该认识小邱吧，那就是我们抓的。"他立马相信了。小邱还是我前几年干刑警时抓的一个嫌犯，当然现在已经被判刑了，倘表现良好的话也许已经出来了。他们一撮人专门到那些半大不小的铁厂煤矿，帮助业主鼓捣电表，这样电表或者能够走慢，或者能够停止，甚至能够反转，一年下来能帮业主节省几千上万元的电费。而小邱便是专开电表锁的。这种犯罪的罪名很有意思，叫"传授犯罪技术"，反正在我七年的刑警生涯中也就经历过这么一次。他说小邱肯定还没出来，出来的话他会知道的，这个城市会开锁的原本没有几个人。他还说小邱进去后，孩子不知怎么死了，随后老婆也跟人跑了。说到底，小邱是个苦命人。实际上小邱干这个也没挣多少钱，他们一伙人每干成一次，帮业主省得多，自己得钱并不多。我记得小邱每次开锁也就得个二三十元钱，最多得过五十元。我还记得这伙人另一件有意思的事，每次到看守所提讯他们，他们总是饿得直哭。在看守所里吃不饱没啥稀奇的,清汤寡水的饭,不是谁都一定喜欢,可把大老爷们饿哭还是头回见到。一次,我们提出小邱指认犯罪现场,看他老实,在门口一个小吃摊时给他买了一笼小笼包。他滚烫滚烫地往下咽,但到看守所门前还是没吃完,咬着最后半个进去了。第二天提审他,发现他鼻青脸肿。问他,说是被人给揍的。再问,原来是同号的其他在押人闻到了他满嘴的肉香。

锁终于修好了,轻轻一碰就能合上。他说确实因为门框走形所致,短期内不会发生问题了。我问他多少钱,他说给十元钱就行了。我说忙活了老半天,怕不合成本吧。他连说行了行了,没什么成本,并给我一张名片,说以后有事直接给他打电话好了,不必再打到公司。看名片上的名字,也姓邱。他问我是怎么知道公司电话的,我说我就是干这行的能不知道吗。他说是是是。其实我是看小广告才知道的。我为他的轻信而轻微感动了一下子,想他们也不容易。他只收我十元钱或许因为我是警察,当然也不排除他收别人也是十元钱。然而我还是因这种不确定的判断为自己是一个警察而自豪。要知道,现在警察鲜有能够自豪的时候。

这个防盗门另外一个毛病是开门关门"吱咕"地响，和碰门声合起来，就成了"吱咕——嘭"的声音。起初听着别扭，后来听习惯了，感觉别有妙处，更能让人安心。因为这样即使不在客厅，在卧室、厨房、卫生间、阳台或家里任何可能的地方，也知道有人进来或出去了。当然，进来的只能是家人，或者说持有门钥匙的人。如果没有钥匙，想进来就得敲门。再有特例，就是我能辨别出妻子的脚步声，随着她"咔咔咔"上楼梯，还没来得及开门或敲门，我便把门给打开了，让她大为惊喜，还以为我在窗户前看见她回来了。事实上，不仅脚步声，就连敲门声也有区别，或者说各有特色，听久了也能轻易辨别出是家里的哪个人，当然这只限于家里人。比如妻子总是"噔噔噔"轻轻三声，里面没动静，再"噔噔噔"三声，声音比前一次略微重些。儿子就不同了，他是"嗵嗵嗵"猛烈地连续拍，直拍到你打开门为止。父母就不同了，他们通常自己用钥匙把门打开，很少烦我们开门。当然，我们不在时，他们或许彼此要敲门的。

这个门以前是不用敲的，有门铃，音乐还很动听。但不久就没声音了，搞得不知道的人一直在门外礼貌地按，恍然顿悟了才把按门铃的手扣过来敲。这是一款名牌防盗门，当时耗用了我近两个月的工资。我不能容忍门铃就这样坏下去，便找销售商去换。但店铺里也没有单卖的门铃，只能从同型号的门上卸下一个换给我们。门铃换成了新的，音乐却难听，但难听也比没声强。过了一段时间，新门铃又坏了，我们再去换。再用坏一个，卖防盗门的店铺也搬迁了。于是只得听任它坏下去，也逐渐习惯了敲门声。

  防盗门关上后，严丝合缝地把客厅和楼道隔绝了，这对我来说，是它的一个妙处。可岳母不这么认为。孩子出生后，岳母在我们这里住了一段时间，她习惯了农村的敞门挂门帘，认为关上防盗门阻隔了"地气"，所以经常把门打开。谁知道"地气"是什么东西！此行为的恶果是客厅里的一切完全暴露给外界。而我最担心的还是老鼠乘机溜进来。单元房内进了老鼠那可如何收拾！于是我几次和她交涉，并动员妻子和她交涉。她也不愠怒，但依旧我行我素。后来，在我们的不屈不挠下，她终于听从了我们劝说，不再一意孤行，我们松了一口气。随后父母又住进来，我们经常在卧室里听到"吱咕"一声，但始终听不到后面的"嘭"，这就是说门开了没关上，我们就着急。寻机会，专门和他们谈了关不好门的严重性。没几天，又听到同样的声音，我忍不住责问了他们。而当时的情景是：

父亲出门倒垃圾，开了门，母亲用手帮父亲把门虚掩着，这样父亲就不必开门或敲门，也导致我们没有听到后面的"嘭"。这件事引发了很严重的后果，他们认为我们在限制他们，这个"限制"被他们上升到"孝"的层面，便显得我们别有用心，搞得我一度很被动。其实，单就这个问题而言，可以说我们对双方父母是一视同仁的，但岳母就没有生气。抛去性格等因素，足可见同在子女家，身为岳父母和身为公婆还是有点差别的。

此门共两个锁孔，六套钥匙，每套钥匙两把。一把钥匙小些，专事开关镶嵌在门页上能伸缩两个锁舌的门锁；另一把大些的，能扭转安装在门页里并从不同方向伸缩并松贯门框的钢筋。钢筋共六条，单从安全点数而论，我们认为大钥匙防盗的功能似乎强些。夜晚睡觉或出远门时，我们总不忘用大钥匙把门锁上。还有，我们雇用保姆时，仅给了她那把小钥匙。这不完全是出于不信任，只是以防她把两把钥匙同时弄丢，那样似乎只有换门才能解决问题。当然，我们自己也可能把钥匙弄丢，但我们是主人，有承担这个失误的能力。这是一切主人和非主人的最大区别。

事实上，以小邱、老邱或类似他们的开锁人的能力，任何防盗门只是形同虚设。看过一则资料，一扇合格防盗门的防破坏时间分别为：甲级防盗门不得低于三十分钟，乙级不低于十五分钟，丙级不低于十分钟，丁级也不低于六分钟。我不知道我的防盗门属于什么级别，我只知道，无论如何它是个防盗门。不管居家还是外出，碰住它我便感到安心。如果再上好保险，那就踏实得像把家和心都放进了保险柜，几乎不再忧心梁上君子光顾了。

二〇〇八年九月

自行车

那时自行车金贵，有人把新车买回来，要用塑料带、毛线或绸布条把一切可能的地方缠它个严严实实，给它穿上一件外衣，掩盖了它美丽的本色，那让人赏心悦目以明快线条呈现的黑而锃亮的或横或竖的间架。我以为是为了美观，就像现在大多数女人要把头发染个色或烫个卷，把本来很美的头发弄丑了，本来不美的头发更丑了。又像许多孩子，见了课本上的图案，总要忍不住用笔重新把它勾画一遍，弄得课本花花绿绿、乌七八糟的，惹得老师恨不得给他一个嘴巴。后来才知道，是为了保护，因为它金贵，怕磕了漆，所以给它穿盔甲。

但父亲的自行车就没有这样麻烦，最初出现在我家的就是一辆旧车。那时盛传"飞鸽快，永久耐"，说的是自行车的两大品牌。父亲没有能力在此二者之间进行选择，仿佛现在奔驰、宝马对我而言也只是在口中打个转转。他买的自行车牌子叫"东方红",还是一辆二手车。为了这辆二手车,他从牙缝里省,每天下午下班后徒步十公里从工厂回家吃饭,早上再徒步十公里回工厂并带上午饭,这样坚持了三个月,终于从食堂里抠出一辆二手车的钱。不知道"飞鸽""永久"到底有多好,反正"东方红"已经够好了。有了它后,更没必要在食堂吃饭了,因为跨上车子一按铃铛"丁当"一串响,弓起腰猛蹬几脚,轮胎激扬起的尘土尚未落尽,人就到家了,简直算得上开源节流。之前,我们家有了收音机;之后,父亲又省出一块"宝石花牌"手表。"四大件"全了三大件,只剩下了一台缝纫机。可是父亲终其半生也没把这"四大件"置全,因为等他稍微攒了些钱,眼看胜利在望,这个词语却退出了历史舞台,没什么实质性意义了。

  自行车属于整个家庭的一笔财产,但基本上只和父亲发生联系。因为父亲无论运用何种手段,母亲根本没有能力把这种几乎人人都会的技艺学会。我一个小娃娃,都对母亲的笨嗤之以鼻,同时叹息自己年龄太小。但我也没让它闲着,父亲把车支在院子里的时候,我坐在地上摇脚蹬,让车轮子飕飕转起来。阳光照耀下的生锈的和未生锈的发条融合一起,呼呼生风,被黑色的轮胎箍成一个密不透风的圆盘,便是孩子们眼中迥异于周遭庸常事物的另一个神奇的世界。心就痒痒的,想找一根棍子戳击它,但终于没有胆量。

放假期间,农忙之余,父亲会用车子载我到他工厂小住几天。我还没有能力独自坐后面,只好侧身坐在车的前梁上,手扶着把,一路上忍不住按铃铛。更小的时候,还得在车前梁上固定一个专门供小孩子坐的铁丝编织成的座位,有靠背,很舒服。随着长大,就得学习坐车,坐后衣架。最初父亲教我侧身坐,等车子走稳,手扶着后衣架随车子往前跑,然后跃身,让屁股落在座位上,双腿垂在车子一侧。有一段时间,我坐堂哥的车,他奚落我,说那是女人的坐法,男孩子应该正坐,让双腿叉在车子两侧。当时大多数男孩子确实是这么坐的。这种坐法有更高的难度,需要更高的技巧,在跃身起跳的时候,得让一条腿抬高跨过后衣架并骑乘之上,像是在从侧面跳一个跑动着的鞍马。现在想来,当时也就是十岁左右的模样,身高比衣架高不了多少。为了有把握,必须使尽气力往高跳,这样才可能保证让屁股落在座位上。但这样引来一个很严重的后果,每次落座的时候,大腿根部总被座位的铁管硌得生疼，有几次差点让我背过气去。为了面子，还在车后装作没事的样子。我清楚记得一次坐车赢得了一位路人由衷的赞叹，一个老妇女，她说，这孩子真利索！看来她不甚清楚人前显贵和人后受罪的道理，不知道我为此付出过多大代价！我的孩子十岁时，我几乎不可想象他有这样的能力或勇气，骑那种二八式的高大威猛的自行车。

二八式，说的是轮子的轮径，半径。那时自行车的轮径，除了二八式，还有一种二六式，整体小一号，纤巧秀丽，一看就是给女人骑的。而且，当时社会就古板到一个男人骑一辆二六式自行车，别人怎么看怎么别扭，自己也觉得别扭。如今不然，二八式自行车反而不多见了，甚至出现了更小的轮子，小到大不过一个巴掌，让你以为这个世界在和谁开玩笑。没办法，社会就是这样，谁可想象二八式自行车年代，一个男子穿一件大红衣服！可现在，司空见惯，一切都成闲事，你留条辫子也没人大惊小怪。

我终于到了学骑自行车的年纪，可也并非想象的那么简单，得一次次摔，一次次被车压在身下或趴在车上，一次次爬起来，膝盖上皮开肉绽是免不了的事，当然也绝非像母亲眼中那么难。个子不够高，不可能跨到梁上骑，就把右腿从三脚架伸过去踩另一只脚蹬，这样身子偏在车的左侧,像玩杂技。而且,这种骑法只能蹬半圈,把人的心和身体搞得局局促促的。即便这样,也很神气,毕竟会骑自行车了嘛。也有技艺高超的,居然能在三脚架里蹬整圈,所谓艺无止境,铁杵成针。个子再高一点,就能从三脚架里摆脱出来,跨到梁上去骑。但腿仍旧不够长,坐不到座位上。而且,得靠屁股的左右错位来增加腿的长度。这就有趣了,随着踩动脚蹬,屁股一下子跑到左边,一下子跑到右边,车速度越快,摆动的幅度越大,频率越高。如果让现在的小青年们看,一定会被惊异得目瞪口呆,但当时亦是见怪不怪。从独立让车子行驶到坐在车座上从从容容蹬动脚蹬,总得三两年工夫。

我们骑着车子在打麦场里围着麦秸垛转圈圈,兴致高的时候放开把,居然能够长时间不倒。天越来越暗,但没有人想回家。萤火虫漫无章法地在我们身边穿梭,大人们呼唤孩子吃饭的声音此起彼伏。小孩子最初骑车,倒不完全是为了代步,而是作为一种娱乐和炫耀。总是有代价的,技艺不精,车老是倒地,脚蹬老被摔歪,轴承总被摔碎,导致脚蹬不能正常转动。大人们很不开心,限制孩子们骑。越限制,孩子们劲头越大。

在我准备上初中的时候,终于有了属于自己的第一辆自行车，但那几乎不叫一辆车子。父亲不知从哪里搞来一些别人废弃不用伤痕累累的自行车主要部件，鼓捣了一个上午，就组装成了一辆自行车。一切删繁就简，除了把、三脚架、两个轮子、脚蹬外，其余忽略不用，连最向往的铃铛都没有，只是车闸还勉强可以。每一代人都有每一代人的神奇，父亲他们对待自行车，组装修理，如探囊取物，就如我们对待电脑。

我就骑着这样一辆勉强叫作自行车的东西开始了我人生的征程。一次我溜一个长坡，车闸突然失灵，到了坡底，车已如离弦之箭，坡下的人都以为这个孩子疯了。其实不是疯了，是傻了，吓傻了。我嗷嗷叫着，眼瞧着路边的一个土堆直奔而去，车撞击土堆，弹跳一下，呈一条美丽的弧线落入庄稼地里。我，还有车，居然不倒，稳稳站在地上，相看两不厌。以至于后来，班里一个傻乎乎的同学见了就央求我来个飞车表演。

但我也没有特别的惭愧，因为上了初中后，发现宿舍里这样档次和模样的自行车比比皆是。当然也有好车子，崭新锃亮的那种，但那只能让车子的主人自寻烦恼，因为惦记的人多，有人惦记着借，有人惦记着偷。彼时已向九十年代迈进，我已经十二三岁，整个社会完全不是原来那番良家妇女的模样。学校外面的影剧院，除了上演电影外，居然有了真枪实弹的文艺晚会，健美裤裹到男人腿上，裆前鼓作一团。流行歌的声音随处可听，霹雳舞的身影随处可见，街头甚至不乏摩托车的轰隆声。班里就有同学为我鸣不平：你成绩这么好，难道也骑不到一辆新车？我也没有特别地把这句话当回事，新车固然好，旧车不一样可骑吗，和成绩有什么关系？终于又长了一两岁，心里有了一些毛茸茸的东西，便不再想骑这辆车了，因为怕班里的女同学看了笑话。于是周末回家，宁愿坐两角钱的公交，而任由陪伴我三年的自行车寂寞地待在宿舍的角落里。也就在这时，我意识到，骑一辆崭新的二六斜梁自行车，穿一双上海长征制鞋六厂生产的白底黑布紧口鞋，把裤腿卷起半截，露出脚上套着的丝光袜，载着一个长发飘动的女孩去兜风，女孩的纤纤素手揽着你的腰，那是如何浪漫动人的景象？自行车第一次让我切入忧郁的主题。

一闪念之后，学习压力以铺天盖地之势将我覆盖，我进入高中。高中是一个什么都集中、紧张、局促的时段，似乎连大小便都不得轻松。上下学时，等待出门的自行车会发生长时间的拥堵。大家在课堂上书声琅琅的时候，校园专用的停车场里，一排排自行车列队等候。而人也呈长大之势，有了诡诈，有了狡猾，有了人情世故，也许这就是所谓的成熟？一个显著的标志是，大家都把自行车的后座卸掉，怕载人麻烦。甚至怀疑是否掺和了家长的主意，难道怕的是一双揽腰的纤纤素手？

我们是寄宿生。周日不回家的时候，我总喜欢借用家住城里的同学的车子上街游玩。没有目的，只是骑着车子往人多的地方钻，似乎是炫耀车技。车早被骑得得心应手，仿佛从身体延伸出来的一个器官。左突右奔而不触及行人，于繁重学习之余，那又是怎样的一种快乐？

大学时，身后依旧没有那双纤纤素手。我们骑着租来的自行车，满城市转悠去淘书。自行车是从门房租来的，每小时四角钱。即使我们学的不是经济管理，我们也会核算成本，何况我们就是这个专业。从学校到市里，每人车票七角，来回一块四。如果骑车成行，仅车票钱就能供我们骑三个半小时。如果两个人合骑一辆，那更是赚到家了，完全能省出一本书钱。可门房老头也不傻，他见不得我们好过，也许是心疼那些老太婆似的破破旧旧、咿咿呀呀的车子。于是，只要两人合骑并被他发现，他便收取两个人的钱，一点折扣也没有。要想得逞先需躲过他的眼睛，一个人先出门，一个人租车，等转过那个弯，坐车的人才敢往后座上跳。我们骑着车子,转遍天津大街小巷的书店地摊,寻找最便宜版本的新书、最物美价廉的旧书,甚至废品收购站也不放过,且常有所获。有时,我们也骑车闹着玩。待坐车的人做好准备时,突然猛蹬将车骑远,等他气喘吁吁赶上来,又骑远。最后,骑车的人乐不可支哈哈大笑,坐车的人气急败坏哈哈大笑。

参加工作后,终于用自己的工资买了一辆崭新的车子,二六式"永久",三百六十元。没骑几天,就丢了。再买一辆,又丢了。于是有人说,如今要把自行车当作低值易耗品,而不是像以前那般视作一种财产。二手车便风行起来,三五十元一辆,用几天算几天,丢了也不心疼,只当给一个无关紧要的人上了份礼。但这造成了一个恶性循环,买车的供不应求,偷车的便前仆后继。社会日新月异,摩托车的轰隆声很快就普遍代替了自行车的辚辚声,有些人还嫌动静不够大,要故意把排气筒搞破再招摇过市,弄出一片骇人的喧嚣。早立潮头的,更进入小车时代,在雨天的马路上溅起一片水花,打湿路人的衣服。于是,自行车陷入尴尬境地,骑车的人变得底气不足,遮遮掩掩。直到再后来成为新潮一族的健身工具,这种局面才有所改变。之后,又有了公共自行车、共享单车,大家骑得方便，放得随意。它们再不属于私人财产，连小偷都对它失去了兴趣。

四岁时第一辆车子进驻我家，转眼我四十多岁了。四十年就这样滑过去了，轻得像闺阁女子的一声叹息。

二〇一八年五月

在大学图书馆的楼顶上

现在想来,我从来没有独自上过图书馆的楼顶。哪怕只是"看看四周的风景,然后再下来"。

如果我一个人上去,会干些什么呢?背一首诗?哼一首流行歌曲?打一封信的腹稿?怀念远方的一个女孩?这些琐碎的事情,也会发生在楼下,它们堆积浸润着我们的大学时光。

大约总是夏天,我们宿舍的几个人,至多还有一两个常到我们宿舍串门的好友,晚饭之后,有人提议一下,彼此呼唤一声,打闹拉扯着到图书馆大楼前。从山墙外的楼梯爬上去,然后攀扶着勉强可称作楼梯的钢筋架,相互推一下或拉一把,钻过那个小天井,就到了楼顶上。

学校本没什么大的名声,校园里的建筑物也是乏善可陈,只有图书馆大楼还算宏伟漂亮些。初来乍到,大家不约而同地选择图书馆作背景,拍摄了大学生涯的第一张照片,然后寄给远方的曾经的同学,以此弥补我们对学校的失望,告慰我们潜藏心底羞于承认的虚荣心。尽管楼外昭然悬挂着"图书馆"烫金字样,其实内里包含了行政办公区域、电教室、学生自习室等等。图书馆反而只占很小一块区域,且只在周日开放,似乎也没什么好书,或好书没被我们发现。然后是两个阅览室,文、理各一个,有各类报纸、杂志可供阅读,但通常大家把它们当作自习场所。

下午三点半之后就没了课,剩余时间全靠自己安排。饱经十余年密集的课堂之苦,这成了我们最可消受的妙处。大把可供挥霍的时光,有点让我们不知所措。有人在操场踢球,有人在小树林里聊天,有人窝在宿舍的床上戴着耳机听音乐或背单词,有人租骑自行车到市里转悠,也有可敬又可怜的同学继续待在教室里钻研功课。而我们几个,总是去阅览室。无聊了,就出来在楼里楼外转转,于是就有人发现了那个小天井,随即开辟出我们的一块休闲乐土。

天津的夏天酷热潮湿,校园里水塘多,树木多,于是蚊子铺天盖地。最初我们上楼顶是为了躲避蚊子。其实楼顶的蚊子也不比楼下少,但我们宁愿相信上面少些。在上面待久了总会无聊的,当有人无聊了要下去的时候,我们就叱责他下去喂蚊子吗,这样就延长了我们共同在楼顶上的时间。

延长了又能干些什么呢?白花花的阳光逐渐变得金黄,空气闷热而黏稠,挥一下手,似乎能感到一种阻力。食堂饭菜的余香不时还会飘荡上来。我们随便找一个话题,争执辩论一番,以此稀薄这黏稠的空气。文学时代刚刚远去,学术时代即将到来。尽管我们学的是经济,可课余有大致相同的爱好,也算志同道合。我们谈古籍,谈版本,谈训诂;讨论四言、五言、七言诗歌到底哪种形式好些;我们能够说出全天津的书店内哪个书架上的哪本书挨着哪本书;我们炫耀自己怎样用最少的钱在别人不知道的旧书摊上淘到了最便宜的好书;我们梦想一生钻到故纸堆里孜孜矻矻忽一日名声大震并感动于之前的艰辛付出;我们也渴望一蹴而就的成功与辉煌并认为这种机运会毫不吝啬地降临我们头上。当时某部级高官只有三十五岁,有人问我,你三十五岁能行吗?想想还有十几年的漫漫时光,我肯定地点点头。他眼光里流露出赞誉与艳羡:"你厉害,我不行。"我们都是认真的,我说自己"行"是认真的,他说自己"不行"也是认真的,他羡慕我莫须有的"行"也是认真的。青春年少,年少的青春啊!

有时，我们也沉默不语，各自徜徉于理想之境，使自己暂时漂浮于时光之上。

更多的时候，我们高踞楼顶看楼下众生：有人双手提着四个暖水瓶去水房打热水，有人坐在宿舍前横倒的电线杆上乘凉，有人夹着书本跑进教室又跑出来也许只是占个座位，有人在食堂门前的板报栏上张贴启事，有男生要进女生宿舍被门卫拦住认真解释分辩着什么，那个高年级的小个子男生又揽着高他两头的女友在操场上散步……

虽在所难免，我们还是惋惜这个小群体逐渐地分崩离析。最初是有人谈了恋爱被女友唤了或是主动陪女友去上晚自习，由于这个造化，他成了我们一群人中间专业学得最好的。我们嘴上奚落他，其实谁心里也清楚，恋爱的美好甚于楼顶之上，便宽容了他的"背叛"。背叛的人越来越多，楼顶的人越来越少。后来的话题也会经常不自觉地聚拢到可望而不可即的爱情上。我们青春惆怅却侠肝义胆，称今后要把尘世中遇到的最可人的女子介绍给楼顶上最合适这名女子的好友。友谊、爱情被如此完美地契合在一起，怎不令人心生感动和深深向往？

毕业之后很长时间，我一直在寻找一首歌。我们在楼顶上的时候，响彻校园的喇叭就在我们身边。那是流行音乐的黄金时代,《小芳》刚刚出炉,《涛声依旧》《一封家书》紧随其上,而四大天王余热未消。那是张学友的一首歌,当时未必喜欢,可它寂寞的旋律深深植根于我灵魂深处。然而,我既说不出歌名,也说不出其中一句歌词,甚至难以准确哼出其中的任何一句旋律,于是无从打听它是什么。但它常在不经意间从我心底某处升腾出来,并顽强地在耳旁回荡摇曳。那是寂寞,让人魂牵梦绕挣脱不掉的寂寞,虽置身楼顶滔滔不绝也难以打破的寂寞。直到后来有了网络,我把张学友的全部歌曲搜索出来,一首首听,一首首辨别,终于找到了它:

> 夜半凉,但我有你温暖的眼光
> 请把寂寞全部都赶出心房
> 到我怀里徜徉
> ……
> 恋爱的人全都很像
> 有一张爱笑的脸庞……

这首《恋爱的人都一样》被我找到时,我真想把它介绍给每一位朋友听，后来想想，不说也罢。

就如只属于我们的图书馆楼顶，这也许只是我一个人的歌。

二〇〇八年六月

如切如磋，如琢如磨

原平笔会札记

1. 小说的第一要义仍是虚构，这是它与散文的分野。生活中的故事，可以照搬到文本中，但仍得费一番心思处理——哪怕只在人物的思想和情绪上处理——散文，你处理的是"你"的思想和情绪，而不是"人物"的。否则，仍不叫小说。

2. 每个文学问题，只有深入才叫问题。事实上，我们日常中的每句话几乎都涉及文学问题，因为不深入，无风便也飘散了。问题没有高大上和低矮烡之分，关乎你的只有一个，它们是不是、属于不属于你的问题。

3. 意识必得在勤奋之先，否则会南辕北辙。之后，唯切唯磋，唯琢唯磨。

4. 见一个陌生人，有着某种欢愉的甚至充满渴望的体验，因为未知与可能。创作向未知领域探索，始终是让我们葆有生机的一种方式,因为它毕竟蕴含着某种可能。

5.女作家白花花的大腿在荡漾的温泉中是一种奇异的美。不是因为文学的滋养,而是因为日常的遮蔽。去弊,始终是写作的一个问题。

6.某些人的可爱,是岁月磨砺成的化石,那是一种已然根深蒂固岿然不动的可爱。

7.低头,让眼睛从老花镜上端浮现出来,是岁月呈献给我们的一道风景。

8.把酒咽下去,烧灼你的胃,心头的一些小火花就跳跃起来了。酒再往上撞,就会撞出一些荒谬。

9.故人不故,话便欲说还休。那种小小遗憾对心思构成的小小折磨,唯悲观主义者才能体验。

10.时隔多年,他居然叫出你的名字,算得一个恩惠。初次相见,他居然记住了你的名字,也算得一个恩惠。

11.方言在对他人树墙的同时,也给自己开辟了一些通道。

12.情爱的速度很难人为控制,一不小心就成失望,甚或灾难。

13.睡眠永远不会是最大的问题,比它重要的问题多得是。

14.摇摇晃晃的大巴,承载着一些人的瞌睡,一些人的沉默,一些人的热烈,一些人的想入非非……不知有谁会考虑一个问题,我们身在何处?

15.年轻时,总想结识更多的人。如今,只想进行一场深入的谈话,或者,与某人构建一段更深入的关系。再或者,仅仅把笔会作为一个背景,以我"在之中"的方式默默思考一些问题——"在之中"与"不在之中"大有不同。

16.对话契机犹如神赐,非人力所能为。

17.大团体,小团体,更小的团体……只要在团体之中,你便暂时摆脱了自身。回过头来,不妨想想你的孤独。

18.一场经历,貌似虚空。它毕竟在心中敲下几个钉子,只待以后,看上面能挂什么东西。

二〇一七年八月

世相三题

同　学

她遇到困难，不得不来求你，以同学的名义。她坐在你对面的沙发上，你坐在写字台前的转椅上。这么看来，你比她高了一头。因为房间很小，这种位置关系更加明显。你曾经为她写出人生的第一封情书。照这么说，你们似乎不仅仅是同学关系，还要增添一丝暧昧色彩。这种暧昧色彩几乎会抹到每一个有求学经历的人身上，哪怕只是暗恋，它让同学关系更为丰富多彩而富有戏剧性。而戏剧的最大特色和最佳效果是剧情的不可预料。京剧名剧《锁麟囊》唱道：一霎时把七情俱已昧尽，渗透了酸辛处泪湿衣襟。我只道铁富贵一生铸定，又谁知人生数顷刻分明。她身材臃肿，头发枯乱，各种隐喻的斑点布满整个青黄的脸上。曾经骄傲的笑变得卑微,在眼角的鱼尾纹里泛动着不安。岁月之风掀动人生屋顶,拔掉几只瓦片,露出枯草败絮。但她刹那间的神态,还能让你依稀嗅到曾经青涩的味道。此情此景,你们彼此之间的关联似乎只有"同学"这一种定义,连"异性"都似乎为题外之意。大浪淘沙,剩下的只是一些颗粒大些的石头。人生的无情之处在于,它最终袒露的只是事物本身,不容你涂脂抹粉,想入非非。而事实上,有时,仅一个名义已经够了。

即如那首儿歌:排排坐,吃果果。你一个,我一个。这是学校时代的最大特征,由共同经历构架成的一种关系。在随后的时间里,这种平衡被打破,不再"你一个,我一个"。或者说,从来就没有过平衡。好比长跑,你不过在最初冲到了前面。你有过这样切身的体会,一千米长跑,想出风头,想当然地用了百米的速度,果然很快把他们甩开一截子。还来不及骄傲,二百米后,你已经力不从心、心慌、气短、全身肌肉僵到一起。他们哈哈大笑,一个个从从容容地把你超越。你的气力似乎已经消耗殆尽,眼看他们第二圈、第三圈从你身边跑过。同学聚会,许多人的称谓从名字变成了职务,他们是幸运儿,骄傲洋溢在他们脸上,他们意气风发,踌躇满志,掩饰都掩饰不住。

必要的谦虚，恰是更为得体的张扬。更为不解的是，他们曾经生活在你的视线之外，因为你是那时的宠儿。你曾经以为学习是生活的全部，这成为你衡量别人的尺度和标准，你不可能一下子转过这个弯来。残存的虚荣，让你脸部肌肉发僵，笑成为一种堆砌，生硬、虚假。甚至，你发现，大凡能够大大方方以职务称谓别人的，自己也有职务，彼此水涨船高，相得益彰。于是，不自觉地，大聚会成了几个小圈子，以类聚，以群分。直到酒精把人麻醉，把人激扬，一种平衡之势才又暂时显现。

舞台上的聚光灯飘忽，不知什么时间打到谁的身上。乐起，曲终，一幕，一幕。

二〇一〇年十月

自杀与人

老吕曾经讲过这个事情，我几乎要淡忘了。昨天晚上，老聂重新询问这个事情，老吕又讲了一遍。我突然意识到应该把这个事情记下来，不能再让记忆把它湮没。

老吕说，一九六八年，全国"清理阶级队伍"，他十三岁，正上初中。他的一位右派老师，姓康名慨，在一节课上，突然给他们讲起"人"的定义。康老师说，柏拉图曾经给人下过一个定义，说人是"两条腿的没有羽毛的动物"。这个定义当时可谓石破天惊，因为柏氏最早把人归类为动物。后来有人把一只褪了毛的公鸡带到他面前，柏拉图哑口无言。之后，本·富兰克林认为人类"是能制造劳动工具的动物"，但有人发现某些大猩猩在摘取食物时也会制造工具。定义只要有例外就不能称其为定义。讲了一大堆，最后，康老师说，我认为，人是会自杀的动物。讲到这儿，老吕感慨地说，那一节课，我们听得如痴如醉。

没想到，当天晚上，这位康老师就把自己的脖子用绳子给吊到了学校的篮球架上，用自己的行为给他的学生们形象地诠释了一下人的定义。第二天早晨，还是老吕他们几个大个子学生把他给摘了下来。老吕说，"那是我有生以来第一次近距离地目睹死亡，那一刻，我突然感觉自己长大了，成人了"。

四年后，老吕十七岁时，尝试着自杀了一次，他采用的是触电自杀的方法。因为物理学得不好，他只被电流猛击了一下，没有死成。我们问他自杀的原因，他说现在只记得自杀的行为，原因反倒忘了，但肯定不止一种，是诸多原因复合累加的结果。其中原因之一,是自己的父亲也是一个大右派。他还说,每个人自杀之前,都无比珍惜自己,会把自己收拾得非常干净,会给自己换上最喜欢的衣服。康老师是,自己是,别的许多人也是。

老吕谈自杀的时候,我突然想到许多算是我熟知的以自杀结束自己生命的人。比如王国维,比如老舍,比如傅雷夫妇……那位讲完人的定义后慷慨赴死的康老师,关于人的定义也许并不严谨。但他以及与他同类的人,的确以自杀这种极端的方式维护了做"人"的尊严。

写到这儿,我突然醒悟,想把康老师的定义修订一下:人是能够体面自杀的动物。据说许多动物也会自杀,但它们不会选择体面。而人会,且不谈王国维"五十之年,只欠一死"的从容潇洒,傅雷夫妇、老舍弃世时的决绝坦荡,就连康老师以及自杀未遂的老吕,无不以自己的真实行为证明了这种体面。

二〇〇九年七月

葬礼司仪

曾经以为,葬礼司仪是最可令人羡慕的职业。他们高高在上，洞察幽微，摈弃悲喜，合乎中庸，在人与鬼、悲与欢、尘世与幽冥之间充当代言者。

他们俗称土工、茶房或礼宾。土工侍候死者，茶房、礼宾侍候生者，他们与孝子共同构成葬礼的关键词。无论他们的形容是否猥琐，声音是否喑哑，经他们口中喊出的殡词都具有媚惑、穿透、优雅、神秘的特质，且声调抑扬，发语威严，如君临臣下，不容置疑，让人不由得在心中暗暗模仿：

"孝子就位于灵位前……鞠躬上香……通作揖……跪……叩首……再叩首……三叩首……起……孝子就位于灵柩前……"

事实上，葬礼始终在表面的喧嚣、繁杂中从容不迫，镇定自若，顽强地保留着上古或中古时代便拥有的自己的特质，它的灵魂被司仪引领。唯有慎终，才能追远，于是生者以表演的姿态安抚死者迷茫的前景。死生大事，不过是他们几嗓子吆喝的仪礼；血肉亲情，无非是拜、叩、哭糅成的程序。他们以程序淡化至亲的悲恸之情，催化远亲潜藏的怀念。他们具有魔术师的手段，让孝男孝女的哭声说停就停，说起就起。

灵棚对面是戏台，戏告慰死者，欢愉生者。司礼间隙，他们蹲在台下眯缝着眼睛喜滋滋地咀嚼戏文，这要比千篇一律的葬礼有味得多。如今戏台上已经很少有传统剧目，完全被现代歌舞的时尚淹没，甚至路祭也成为欢乐的盛宴。红白喜事，白事也是喜事嘛，于是演员轻歌曼舞，搔首弄姿，他们则指手画脚，高声褒贬，俨然把自己作为葬礼的主人。

葬礼本身就是一出大戏，死者的众亲属按既定角色粉墨登场。五服即行头，哭声即戏文，而他们抑扬顿挫的殡词则成为调节音乐节奏的鼓板。哭声相类，但本质大有不同。孝子孝孙为号哭，孝女孝妇则需哭词，所谓"数着哭"，历数死者恩德及自己悲情，形式要件大于内容。此外，女孝子还需哭路，进村便得哀声大作，即如戏台上的亮相。阅尽无数世态炎凉，眉高眼底，真悲假欢，眼泪里究竟有几分悲痛，哭声里究竟有几分亲情对他们来说一目了然。他们是戏剧的导演，对演员的表演伎俩一辨就明，哭天抢地不过是诸多表演手段之一，他们不动声色，只在眼波里淌过一丝嘲讽。偶有感天动地的大恸，泪水也会弥漫他们的眼眶。他们仰头吞回眼泪，假装风沙迷了眼睛，而殡词中明显有了几分色彩。风吹湖面，波光潋滟，但随即归为平静。亲戚或余悲，他人亦已歌，死的都已死了，生命的欢欣已大幻大灭，一切又有什么关系呢？

蹲是他们习惯的姿态，这是历史规矩的遗留。他们再煞有介事，神气活现，实际上也不过是主人雇佣的一个孝子，地位卑微，即便执事而敬，颇有口碑，吃饭也不能上座。哪怕嚼肉喝酒也只能蹲于门墩儿之前。不过如今规矩被逐渐打破，时代的宽容荫及他们，帮他们褪去仅有的一层不堪外衣，他们因此更加堂而皇之，无论窝在任何角落，都不影响作为这出戏剧的主角。

他们收入不菲，被主人好烟好酒侍候，末了还有一笔可观的佣金。但主人防着他们，怕他们在死者入殓时乘机顺走一些值钱的随葬的物件。他们之中的少数之人确实因之损了名声。他们最能看淡普通人最不能看淡的所谓"晦气"，把一切形而下的东西视为无物。他们为将随葬地下并永不见天日的好物件感到惋惜，想真不如物尽其用，随手取来换一壶老酒。虽坏了口碑，但生意却不会影响许多。因为如今，他们行中之人是越来越少了。

大风起兮，纸灰飞扬，旦复旦夕，刀风剑霜。总有一天，他们会从形式的主角变为内容的主角，超度别人一生，到时谁会成为自己的超度之人？

二〇〇八年一月

读书随笔三题

我看杨绛讥张爱玲

二〇一〇年一月二十日,杨绛给钟叔河的信中这样写道张爱玲:

> 我觉得你们都过高看待张爱玲了,我对她有偏见,我的外甥女和张同是圣玛利女校学生,我的外甥女说张爱玲死要出风头,故意奇装异服,想吸引人,但她相貌很难看,一脸"花生米"(青春痘也),同学都看不起她。我说句平心话,她的文笔不错。但意境卑下。她笔下的女人,都是性饥渴者,你生活的时期和

我不同,你未经日寇侵略的日子,在我,汉奸是敌人,对汉奸概不宽容。"大东亚共荣圈"中人,我们都看不入眼。夏至(志)清很看重张爱玲,但是他后来对钱锺书说,在美初见张爱玲,吓了一跳,她举止不自然,貌又可怕。现在捧她的人,把她美化得和她心目中的自己一样美了(从照片可证)。

杨绛生于一九一一年,写这封信时虚岁一百整。一百岁的女人到底仍旧是女人,评价一个人,首先要从相貌妆容说起,满脸满心的厌恶和鄙视跃然纸上。但她毕竟不是街头巷尾不管不顾添油加醋搬弄口舌的妇人,不忘说一句"她的文笔不错"。这是通篇唯独赞扬张的地方,却加了一句引语"我说句平心话"——所以可以这样理解,其他的那些话,并不是杨的平心话。而后,老太太心有不甘,用了一个"但"字,把"文笔不错"做了否定,说张"意境卑下",似觉不够,又抬出了"汉奸"这个与张有关人所共知的词语,拿了顶道德的帽子扣到了她不喜欢的这个女人头上。

"意境卑下"四个字,引起了我特别的兴趣。杨绛和张爱玲,都是我喜欢的作家,以我对二人的阅读经验,她们绝非一个美学标准。杨绛的文风静穆、沉着、淡雅、睿智,而张爱玲的文风凌厉、尖锐、华丽、阴郁。如果硬要做一个比较,张爱玲大概与美国南方那批女作家气质相通,比如奥康纳、麦卡勒斯。我曾对南方作家有一个概括:因为畸形,故而生动。张爱玲的小说里,处处可见那种畸形之美。但显然杨绛是瞧不出或看不上那种美的,就像信中她对张爱玲衣着的评价:"奇装异服"。这四个字说的是衣服,倒可以比拟张爱玲文风。事实上,以我们朴素的经验,奇装异服并非一概可厌,在某些人身上反而别有美感。

杨绛还特别提到了那张我们所熟悉的张爱玲照片,那张照片里,张爱玲神情倨傲,一双斜眼满含风情,又俾睨天下,像杨绛这种在照片上总是一副谦恭模样的女人,自然是会被她激怒的。

这种不可沟通,张爱玲想得到,也不在乎,故而她可以我行我素,敢爱敢恨。她曾写过一则小说:《等》。在这个小说里,张爱玲描画了一幅在诊所候医的太太们的众生相。这些太太们一个共同的特征是,一个比一个活得糟糕。其中有一个奚太太，一个童太太。奚太太说解决烦恼的办法就是信耶稣，童太太却一个劲地讲寺庙和菩萨，两个人各说各话，终于拢不到一起去。以文学成就论，杨绛和张爱玲各有千秋，并无高下之分。只不过杨绛在私人信件里说了这些且不幸被公布出来了，谁知张爱玲又会怎么看待杨绛的呢？反正我知道的是，张爱玲这样议论过冰心："如果必须把女作者特别分作一栏进行评论的话，那么，把我同冰心、白薇她们来比较，我实在不能引以为荣，只有和苏青相提并论我是甘心情愿的。"

其实这也算不得文人相轻，不过仍旧是气质不同罢了。

案件与小说的距离

今年读过的书中，蕾拉·斯利玛尼的长篇小说《温柔之歌》给我留下的印象最深。也正是凭借这部著作，这位法国"八〇后天才女作家"获得二〇一六年龚古尔文学奖。书不仅写得好，译得好，题材也让人感兴趣。它描述了一桩案件，据说受二〇一二年纽约保姆杀人事件启发。故事大体是：米莉亚姆和丈夫保罗在生了第二个孩子后，不胜家务之烦，雇用了保姆露易丝。露易斯尽职尽责，也博得了雇主夫妇的赞誉和信赖，他们投桃报李，尽可能地把各种关爱施与露易丝：给她买礼物，邀请她参加晚宴，带她去度假等等。随着相互依赖的加深，悲剧也在缓缓发酵。因为露易斯知道，等孩子长大，她就得离开这个家庭。在千方百计鼓动暗示夫妇俩生第三个孩子失败后，露易丝采取杀掉两个孩子以"逼迫"主人再生一个孩子的方式，给自己创造继续留下的可能。

这本书让我想起去年的浙江杭州保姆纵火案。此案一度沸沸扬扬，如今已尘埃落定，案情明了：一个嗜赌成性、欠债累累的保姆，罔顾雇主一向对她的善意，多次盗窃雇主家中贵重物品典当、抵押，或以买房为由向雇主借款，所得款项均用于赌博。案发前一晚，该保姆又手机赌博输掉六万余元，为筹措赌资，她意欲采取放火再灭火的方式博取雇主感激，以便再次开口借钱。后制造火灾，导致雇主及三名子女死亡。

一部小说，一个案件，作案者都是保姆，其中都有雇主被辜负的善意。而作案者的动机、手法与后果都令我们震惊、扼腕，与我们耳熟能详的"农夫和蛇"的故事大可类比。它们的共同主题是，源于良善的暴力。此外，还有脉脉温情表面下社会身份不同导致的隔阂及无法沟通。不同的是，我们在小说中，可以看到良善是如何一步一步催生暴力的。比如，露易丝和米莉亚姆夫妇对孩子控制权的争夺，就写得机关重重，风生水起。而在纵火案件中，杀人因果逻辑就显得线条化、简单、潦草，所有重点，集中在保姆放火的那一刻，仿佛临时起意。好在"放火再灭火""博取雇主感激"这些字眼，还是给我们留下了一些想象空间。

曾经做刑警多年，参与侦办过不少案件，即使大案也不在少数。许多人问我，你为什么不把他们写成小说。我曾在一则创作谈中这样写道：

> 身为警察，写作这么多年，却很少涉猎公安题材。不是没有素材，而是亲身经历那么多案件，无论事件本身是如何地骇人听闻或博人眼球，浮在表面的却只有那么一丁点东西——它能够成为新闻关注的对象，却很难扎牢文学创作的根基。因为破案，奉行的逻辑只是能够"自圆其说"的因果关系，至于包括所谓"作案动机"在内的涉案人心理流变，呈现在笔录

中,都只是寥寥数语。

也许,这就是案件与小说的距离,当然不止于此。这种距离,可以靠调查弥补,更需靠虚构缩短,直至完全衔接起来,天衣无缝,就像《温柔之歌》那样。所以说,虚构还是小说的第一要义,它考验的是一个作家的能力与才情。正如本书的翻译者袁筱一所说,小说永远需要小说家的本领才能完成自身生命的蜕变。

利玛窦眼中的中国宴请

总会有遇到好事的时候,便有朋友撺掇请客。如果是非常熟悉的朋友,我会说,你请我我都未必想去,让我请你,呵呵。于我而言,花钱倒在其次,主要受不了酒桌上那种煎熬,便逐渐担了个不近情理的名声。好在他们有时把我视作一个文人,认为文人有时不近情理是可以宽恕的,于是到底没有变作孤家寡人。

其实,请客吃饭这桩事情,几乎伴随了中国整个文明史。看《利玛窦中国札记》,老先生用了整整一章的篇幅来描述中国各种他不可理解、为之讶异的风俗,这些

风俗用一个词概括,那就是"繁文缛节"。谈到宴请,他这样说:

> 现在简单谈谈中国人的宴会,这种宴会十分频繁,而且很讲究礼仪。事实上有些人几乎每天都有宴会,因为中国人在每次社交或宗教活动之后都伴有筵席,并且认为宴会是表示友谊的最高形式。和希腊人的风尚一样,他们不说宴会而说酒会,这不是没有道理的。因为虽然他们的杯子并不比硬果壳盛的酒更多,但他们斟酒很频繁,足以弥补容量的不足……在宴会进行之中还要玩各种游戏,输了的人就要罚酒,别人则在一旁兴高采烈地鼓掌。

利玛窦在中国期间结识了一批达官贵人,最为著名的有徐光启、李贽以及当时在任的六部官员。书里有这么一句话:"他经常邀请利玛窦神父参加各种聚会和宴会,他的友谊成为教团安全的保障。整个京城都归他管辖。"这里的他,指的是丰城侯李环。要想攀得靠山,就得不时赴宴。在利玛窦最为著名的那幅大胡子标准像（游文辉一六一〇年绘）上，我几乎窥见了他大眼睛里的迷惑不解和无可奈何。

"宴会是表示友谊的最高形式"，老先生这句话说得恰如其分。即使像我这样的人，因为要求人或答谢，所采取的方式也无外乎是请人吃饭喝酒。也是这个原因，中国的官员们接受吃请最多，因为他们被求和被答谢的概率最大，向他们表示友谊的人也最多。于是，他们就像老先生所说的，"有些人几乎每天都有宴会"。时至当代，不是每天，几乎是每顿，幸亏中国没有早晨请客的习惯，否则"几乎"二字就得删掉。中央狠刹"四风"，把面上的东西刹掉许多，但断绝不了根本，许多人转入"地下"，说到底，几千年的传统不是一下能禁绝掉的。

不能说宴请完全就是恶俗，但它的确有消极因素，最通俗的说法，"喝坏了党风喝坏了胃"。还有，大把的时间，如痰液般被踏于脚下，并用鞋底搓来搓去，终于消失不见了，空气中却弥漫着有害的病菌。文明的发展，应该牵连方方面面，宴请亦为其一，甚至还很迫切。希望有一天，再有外国人写中国札记时，不要像利玛窦所说的："他们的礼仪那么多，实在浪费了他们大部分的时间。熟悉他们风俗的人实在感到遗憾。"其实，不光是时间，还有精力，因为不单是我，好多人都感慨，吃饭好累。

既然如此，为什么要那么累呢？

二〇一八年八月

警事随笔三题

恢恢天网的别种面目

我们处理一起交通事故,案发后受伤方非但没有像别的许多当事人那样拥伤自恃,索取赔偿,反而弃车离开,踪影不见,现场只留下一辆损坏的摩托车和斑斑血迹。摩托车无牌无证,只好将遗留的血迹输入DNA库检测比对,果然验证了民警的迷惑与判断,是外省一名已潜逃多年的杀人嫌犯。于是挖地三尺,费了许多工夫,终于把嫌疑人抓获。讯问中得知,为了逃避抓捕,他狡兔三窟,光在某县就租了三所房子。一方面居无定所,另一方面,他只打短期零工,行踪飘忽。原以为万无一失,结果被车撞到了警察手中。

"天网恢恢,疏而不漏",宣传民警在写此案的通讯报道时，忍不住用了这个词语。还有更离奇的，多年前，我们侦办一起杀人案件，犯罪嫌疑人潜逃且多方抓捕未果。忽一日，某车站派出所打来电话，说该犯已被他们抓获。原来，他在站前接受检查时，称自己身份证丢失，临时谎报了一个名字。而这个谎报的名字，恰恰是数据库里的另一个杀人逃犯，于是被民警带回去审查。

又一个天网恢恢的例证，但听起来好有喜感。"天之道，不争而善胜，不言而善应，不召而自来，绰然而善谋。天网恢恢，疏而不失。"这个从《道德经》中演化而来的成语，最为我们执法者所喜爱，所谓人世渺渺却天理昭彰，不是不报时候未到。因此，它通常给人的感觉是一副凛然面目，正颜厉色，不苟言笑。但它偶尔也会调皮一下，和人们开一个不大不小的玩笑，于是就出现了上面的场景，让人啼笑皆非，忍俊不禁。

嫌犯落网，其实并不像常人所想的那样，全是沮丧和懊悔。东躲西藏，担惊受怕，风声鹤唳，草木皆兵，那种折磨，也不是一般心脏所能承受。只是，因为恐惧落入法网的那一刹，到底下不了自首的决心。当手铐落腕，许多人都说，他们心中的石头也就落了地。在《罪与罚》中，陀思妥耶夫斯基用他恣肆汪洋的文字，完整描写了一个杀人者内心的纠结和挣扎以及最后终于坦白罪行灵魂获救的全过程。拉斯柯尔尼科夫受索尼娅感召终于决定自首时，作者这样写道：

> 这些日子，特别是最后几个钟头走投无路的苦闷和焦急，简直把他压垮了，因而他极力想抓住机会体验一下这种纯净的、崭新的、完整的心情。这种心情就像疾病发作一样突然降临在他身上：像一个火花似的在他心里燃烧起来，突然像一场大火烧遍他的全身。他心里的一切立刻软化了，他泪如雨下。他怎么站着，就怎么扑倒在地上……他跪在广场中心，趴在地上，怀着快乐和幸福吻了吻这片肮脏的土地。

在此之前，拉斯柯尔尼科夫始终经受着良心折磨。而良心惩罚，亦可视作恢恢天网的另一面目，甚至比法律惩罚更为严苛——他们躲避现实的牢笼，却早已跌落在心灵的牢笼之中。

让"有心之过"变为"无心之失"

我的一个警察朋友,也是一位作家,刚刚在微信里和我讲了这么一桩事:他们单位结对帮扶的一名正在实习的大学生,不小心把一台笔记本电脑落到了出租车上,自己与司机沟通未果,向他们求助。她给出租车司机发了一条长长的短信,果真打动了司机,帮孩子把电脑追了回来。

在短信里,她先尊称对方为"师傅",还特别用了"您好"二字,然后介绍自己是谁,什么身份,警号多少,接着这样写道:

> 从二〇一五年起,我们党支部和一名叫××的学生结对,每年资助他学费,不定期去他家里探望。××一家,非常贫困。他的爸爸是残疾人,没有劳动能力;他的妈妈是外来人员,有时打打零工;他的祖母年老体衰,长期卧床。我们在与这一家人的帮困结对过程中,感觉这家人虽然物质条件不宽裕,但有一种向上的精神力量,这让我们深为感动。××

在这样一个困难的家庭里成长，很懂事，也很争气，成功考入大学，现在已经读大四，目前正在实习。实习期间，××深知找工作不容易，非常刻苦，经常加班加点，晚了就打地铺睡在公司。公司老板对××的勤奋和努力很赏识，常把一些比较重要的工作交给他做。周五下午三点半左右，××乘坐了您的出租车，由于连续加班，比较劳累，精神恍惚，下车时居然忘了电脑。发现电脑丢失以后，十分着急。因为电脑里有非常重要的资料，如果找不回来，他一定会受到公司的责罚，原来想留在这家公司的愿望也不可能实现了。我一听这个情况，也很着急，联系了公安轨交总队的同事，帮着看监控录像，发现他上您的出租车时带着电脑包，下车时没带下车。这件事的发生，责任肯定在孩子身上，是他疏忽大意造成的。但眼看这个孩子刚刚踏入社会，就遭受这样的挫折，我也为之心疼，希望能够帮到他。所以，恳请师傅帮帮忙，是不是在车里再仔细找找，看看会不会掉到哪个缝隙里,或者帮助回忆回忆,提供一些有价值的线索。对于这个孩子来讲,这个电脑真的非常重要,我们一起帮帮他,好吗?谢谢师傅了。感恩!

在微信里,我夸赞她"厉害"。她说,"相信文字的力量,相信人心向善"。这两点,固然都有,但我觉得还不充分。仔细捋一下,这个事情最终成功,取决于以下几个方面:

首先,她是警察,这个独特身份及身份蕴含的权力、使命、正义等无形信息给了出租车司机压力。比如,短信里说调取录像及上车有包下车无包等,都让司机无论如何逃脱不了干系。

其次,失主的身份及他们与失主关系的介绍,等于她用她的文字帮失主唱了一出苦情戏。而且,这里有明显的善恶是非价值观,他们的"帮",会让他的"昧"——而且"昧"的是这么一个积极向上又值得同情的孩子,更加相形见绌。

最后一点,也是最关键的,她在短信里字斟句酌的措辞,恰恰暗合了审讯学的一个技巧,那就是让一个人的

"有心之过",变为"无心之失"。此前,男孩已与司机联系过,但司机矢口否认。让一个人瞬间改口,等于自己打脸。在这种情况下,他通常采取的对策会是负隅顽抗。朋友的短信,没有咄咄逼人,她把过错揽到孩子身上,且并不认定是司机拿了电脑,只是让他"仔细找找",或提供"一些有价值的线索"。终于,司机回复,说自己通过滴滴公司联系之后坐他车的乘客,把电脑给追了回来。"相信人心向善",这里的"善",是被朋友诚恳又不失智慧的语句催发出来的。

当年我做刑警,切身经验让我认识到,审讯时对死不认罪的嫌疑人步步紧逼,有时还不如退一步效果更好。这个退一步,就是设身处地帮嫌疑人挖掘犯罪那一刻的"难处",当他的"难处"与我们达成共情时,话语的闸门会被撬开。最终,他会说他之所以那么做,是被这个"难处"逼出来的,系"无心之失",而非"有心之过",审讯却就此取得成功。

从手铐说起

说到手铐,想起自己亲身经历的两桩事。

第一桩。我工作的第一站,是个基层派出所,当时去了没几天,连警服都没有。那天,辖区某村举办物资交流大会,我也被派到集市上执勤。在街上转悠时,突然看到一个卖农具的老头与一个年轻男子发生争执,旁边围了一堆人瞧热闹。职责所在,我挤进里层,原来那男子拿了一把镰刀,说自己付了钱,但老头坚持说他没付,并把自己衣兜翻出来让大家看,称自己刚摆好物件还没开张呢。男子说你身上没钱不能证明我没给钱,也许你塞给别人了。老头指天画地,说自己说得绝对是实话。看到这情况,我约略明白了几分,便劝男子把钱付给老头,或者把镰刀留下。男子手持镰刀,恶狠狠地瞪着我,说:"你算老几啊?"那年我二十岁,刚从学校出来,稚气未脱,一身便装,且第一次独立执勤,其实心里挺紧张的,但还是努力保持镇静,假装从容地从裤兜里掏出了幸好事先备好以防万一的手铐。男子傻了眼,乖乖放下镰刀走了,周围是一片赞许和艳羡的目光。

第二桩。我在刑警队工作时,搞了个系列盗窃摩托车案,抓了两个嫌疑人。前期调查结束,办了刑拘手续,用一副手铐把两个嫌犯铐在一起,带着两个小同事一起把人往看守所押送。到了看守所,我下车打电话与里面联系交接事宜。森严的铁门打开,有看守民警出来接人。我打个手势,示意两个小同事把人带过来。四个人刚下车,我无比震惊地看到,其中一个嫌疑人突然抖动一下戴手铐的那条胳膊,另一个立即意会,两个人迅疾挣脱本就抓得不太紧的两名小同事,以飞快的速度往大门外跑去。我们拔腿就追,同时也惊动了驻所武警战士。他们和我们一道,十几个人硬是追了几百米远才把两名嫌犯扑倒在地。喘息未定,我好庆幸自己当时用一副手铐把两个嫌犯串在一起,束缚了他们手脚,要不,没准会跑掉一个,甚至都跑掉——他们跑掉,我们进去!看守所的大门朝任何人敞开,无意地玩忽职守也是玩忽职守。

任何物质,尤其现代技术性物质,都有其功能和象征两重意义。在第一桩事情里,我只是掏出手铐,那男子就乖乖就范,因为他明白手铐和持手铐的人意味着什么;而在第二桩事情里,恰恰是因为手铐恰如其分地发挥了它的实质功能,才避免了一场大祸。

关于物质功能与象征之间的关系,现代专门有一个学科,叫技术人类学,顾名思义,它研究的是技术与人类的关系。其中分作两派,一派为功能论者,它关注的是人工物的实体研究,着力点在技术革新,让"东西越做越好,越来越有用"。一派为象征论者,它抛弃对物质表象功能的研究,关注的是技术活动中使用的符号、仪式等与意义相关的要素,着力点在于人的思维结构及社会关系,简单说,也就是"人对物体的反应"。两派长期论战,各执一词。当然,任何一门学问,以三言两语概括未免过于随便,根本触不到本质与精髓。意义的论证,是为了厘清技术进步的方向,更好地为人类服务。不妨这样理解,比如警服,象征意义便大于功能意义,它是服装之一种,却不单单为了御寒和美观,代表着一种身份及身份蕴含的全部东西;比如防弹衣,功能意义又大于象征意义,纵使设计得再威严,挡不住子弹等于零。所以,可得出以下素朴观点:具体意义,关乎物体本身;同一物体,有时又关乎情境。上文提到的手铐,就是情境之于物体意义的明证。这么说,也许就事论事,实事求是,两者都不偏颇才是正理。

二〇一八年九月

人生与文字的攀升
——我读弱水散文集《黑白盛开》

某年某月,一个冬日,弱水从北京回来,我们几个朋友在一家茶楼小聚。她穿了一袭正适合她穿的我说不出名堂的衣服,围着一条围巾,在那光线并不明亮的屋子里,她端坐着的沉静的样子狠狠地惊艳到了我。当时,及至后来屡屡回想,感觉呈于我面前的,就是一幅油画。

关于妆容,弱水在散文《与我们的性别和谐相处》有过专门描述,她写了一个"玫瑰花一样的女人"的闺蜜,并由此感知到女性性别的魅力,才意识到自己之前太"正"了——"我似乎总是有意忽略和淡化自己的性别,在衣物的选择上也倾向于保守,厌恶并拒绝一切性感的元素。中学期间只喜欢简单的白衬衣",终于"我的另一种始终被遮蔽的目光忽然被打开",于是,我们就看到了她那惊艳到我的形象。在另一篇散文《黑白盛开》中，她对电影女主角做过类似描述："她始终不敢亮出自己最原始的武器，将自己作为一个美丽优雅具有性别魅力的女人呈现在托马斯面前。"

这两篇散文，都收在弱水新出版的散文集《黑白盛开》中，一个偏散文，一个偏随笔，它们以文字的不同面目呈现，共同帮弱水阐释了她眼中的女性之美、之爱、之痛。本世纪初，我们先后在文字上起步，模糊算来，交往也快二十年了。见面不多，也不可谓少。她形象的转换流变比起她人生之路的攀升震荡，几乎不可同日而语。她从我们这个弹丸之地，先是去了省城，然后又进驻首都，成为某国企部门领导。以庸常眼光看来，弱水可谓高奏凯歌，昂首阔进，可其中有多少伤筋动骨，又有几人能够知晓？翻阅她这本散文集，我再次以侦探的目光，从她的文字中，为她勾连出一条较为清晰的人生之路。

《与我们的性别和谐相处》被列为文集首篇，这是弱水后来散文中最成熟的作品之一。因为父母只有女儿没有儿子的遗憾，她的不服气让她"事事都想做到优秀，想让父亲知道女生不一定比男生差的"。但事实上，她的所有努力并没有消除父母没有儿子的缺憾。这是在行为上，于她内心,因为厌弃自己是个女性,便"对抽象世界抱着极大的热情和趣味,因为那个世界里可以忘记肉体的存在",这让她找到一条属于她自己的超越之路:"也许正是因为自身面临的理想和现实的冲突,我开始尝试写作,以文字探究和表达人的存在困境。我确实在文字中得到了某些解脱。"这个世界,便由此多了一个女作家。

当时她的具体工作,是在某国企地市级机构做文秘。良好的文字功底,不甘人下的性格,无疑会让她成为此中翘楚,省公司慧眼识才,她完成了自己人生的第一次变动。"所以当我的生活突然可以发生一次变动时,我犹犹豫豫,摇摇摆摆,最终半推半就地接受了它。"(《异地的房间》)之所以犹犹豫豫、摇摇摆摆,在本书中及此前我熟悉的诸篇文章中多有隐晦描述,其中之一,被她文字明晰了的,是她抱着坚定的爱情理念精心选择的他,"固守着自己作为大男人在婚姻中的种种禁忌,从未打算做出一点改变,我在深深的失望中,再一次认识了传统观念对一个人的绑缚是如何的根深蒂固"。(《与我们的性别和谐相处》)。"这次变动是我人生的一次连根拔起……唯一可以预知的是我将拥有一段属于我一个人的时光,完完全全的,我自己成为我的生活主角的时光……这个理由几乎成

为我接受变动的最大助推力"。(《异地的房间》)

人的悲哀就在于无论你下了多大决心做出多大选择，都不能够一劳永逸，对一种生活的逃离并非意味着你能逃离生活。你会沮丧地发现，你不过是在一座硕大的房子里换了一个房间，彼房间窗户不够敞亮让人难受，此房间下水道堵塞更让人糟心。于是我们看到，"我自己成为我的生活主角"的省城对她并非完全意义的乐土。在短短的几年里，她被打劫、遭传销，照顾女儿读书并忍受学校拆迁给女儿造成的"流亡生涯"。她弱小的身子踽踽独行在省城的府东街和府西街上。能够拯救她并给她安慰的，只有读书和写作——"那些夜晚，我穿越了一些人的内心，同时穿越着我自己。他们大都是一些孤独的，但温暖的人，弗洛伊德、狄金森、布罗茨基、海明威、北岛、陈丹青……而那些深刻的绝望、寒冷、黑暗和疼痛，则如数保留在我最隐秘的深处，我希望写出它们，因为只有文字可以与它们对抗，那是一种艰难的秘密的快乐"。(《异地的房间》)

二〇〇五年，我曾为她最初的那批散文撰过一篇小文《深刻而高贵的孤独》，在文末我这样写道：

天生优越的审美直觉，悉心追求的音乐节奏，从容不迫的叙事氛围，引领我们进入一个充满文字魅力的奇妙世界。在这个世界里，我们感受到她的真，她的纯，她的激情与矜持、寂寞与梦想，还有那深藏胸中隐含不露关于爱情的一滴眼泪。

迄今，我仍觉得这段话的表述是基本准确的。那些纤秾的文字，正可谓"采采流水，蓬蓬远春"，又可谓"乘之愈往，识之愈真"。前者，说的是文，所谓形式；后者，说的是质，所谓内容。这让我突然想到她的本名：陈彬。何为彬？——"质胜文则野，文胜质则史，文质彬彬，然后君子。"她把那么多青春流逝与爱情怀想，以及与之相偕的幽微心思与繁复心路，从容不迫又不厌其烦地落在纸上，清晰、美丽、感伤，这既需耐心，又需才情。但从《府东，府西》开始，弱水开始把目光投向社会，她被打劫，却愿意宽恕打劫她的人，因为她认为"人们对待这个世界的方式大抵是这个世界对待他的方式"；她遭传销，害怕的却是"能够将人的内心塑造得如此极端和狂热的魔鬼机制"。还有她笔下的那些乞丐、为享受折扣权而早早在超市门前排队的老人、上流社会的当权者和拜权者、法院门前那些"茫然四顾欲言又止"的人……这只是一篇文章的呈现,在本文集第三辑《观看》和第四辑《断想》中,她的思考和关怀更加广泛、更加深入、更加彻底,她似乎有意识地在向"思想"这个大词靠拢,我惊讶地看到,她逐渐变为一个人文主义者和女性主义者。

对她的这种转变,我不知是该遗憾还是欢欣。在《黑白盛开》第二辑《阅读》中,收有弱水给我小说集写的一则书评《不被觉察的病症》。文章开头,她这么写道:"张暄曾经和我说:你们女人就不要写作了吧,那些痛苦由我们男人来承担好了"。我似乎仍记得说这句话时的情境,因为自己领受到的写作给精神和灵魂造成的折磨和苦痛,所以我不希望女人也来领受这种折磨和苦痛。可在翻阅这本书时,我突然惭愧自己思想之狭隘,我说这句话,貌似关心,或者说"疼惜"(她曾当着我的面用过这个词语),其实仍是把自己置于了弱水所反对和讨伐的"大男人"之列。女人为什么不可以领受苦痛?她们领受的苦痛给这个世界增添了多少绚烂华章?——我最喜欢的几个作家,艾丽丝·门罗、朱帕·拉希里、麦卡勒斯、奥康纳等等,她们可都是女人啊,而且个个是苦痛的女人——没有她们,整个世界文学如何得了?

倒是我觉得她文中的另一段话似可商榷:

> 很显然,张暄的小说是叙述性的,而非思考性的。推进小说叙述中产生力量的支点,是小人物存在处境的背景,即现实。所以他在描写人物的内心时,那些不可捉摸的冲动,转瞬即逝的感觉,零零碎碎的想法,几乎没有精神性的形而上的思考,完全是跟现实结合起来的。

最初读到这段话时,我突然意识到我与弱水写作观念的差异,这也是当她向"思想"靠拢时,"我不知是该遗憾还是欢欣"的另一原因。我曾在一则创作谈中这样写道:

> 文学的功用之一,是引申读者的思考。你要通过你的故事,提出一些问题,然后调动读者的思想情绪,让他对人生、世界、灵魂做一番检视,自己寻找答案。如果你足够自信,对

世事人心有所鉴裁,定要提供答案,也须做得高明,让答案隐晦,飘忽,多义,朦胧,一览无余最无趣味。

在我,似乎更愿意用叙述,或者说用叙述出来的故事来表达我的思想和观念。匕首和投枪,是另一种味道,我敬佩,但总是不大希望在弱水文字里出现,让它们破坏我已经熟悉并乐得赞美的她的文字。即如一个美丽女子,我希望她健身的方式是瑜伽,而不是拳击、格斗。这也许仍是一种狭隘。

在《与我们的性别和谐相处》和《府东,府西》诸篇之后,我们就看到了弱水的北京生活,她最终凭借综合素养走到了她供职的国企总部,让我们惊讶地看到一个人真的可以一而再地"往高处走"。不是"漂",而是驻扎,甚至还在那片首善之地买了真正属于自己的房子。王府井、西单、香山这些于我们遥不可及的词语在她文中频频出现了,有的甚至直接拿来做题目,比如《西单路口》《香山多妩媚》等等。

然后,我们会惊讶地看到地域之变对一个人,尤其是对一个作家文字格局的影响,你震惊她的视域扩展得如何之大,眼界攀升得如何之高。《关于美》中对美的描写和思辨,《身体之痛》中对痛的领悟和升华,还有那么多关于电影和画作的评述,细腻,绮丽,犀利,缜密。其他忽略不计,仅那些文中出现的美术作品,在我们这个五线城市何处可寻?

我想在她北京的文字中寻找情感尖尖角,心路小历程,但鲜有发现,这也证明了以上判断:她真是抛弃小"我",用沉静而坚定的目光注视更广阔的世界了。

无论她地位如何变化,我仍是把她当一名作家看待的,不仅我,还有我们,所有对文字怀有生生不息理想的我们共同的朋友们。但在某些场合,还是忍不住提一下她的职位赋予她的身份。比如有一次聚餐,席间有一位政府领导,介绍弱水时,我插话说,他们其实级别相同。弱水立刻睿智又谦逊地纠正了我说法的错误之处。我现在想说的是,我为何要无聊地提这个,她作为一个作家,这种身份还不够吗?对此弱水也有感慨:"在拜金主义和拜权主义盛行的今天,赵树理当年在群众中高于省委书记的礼遇已不复存在,以知识和精神为业的作家的分量已经非常衰弱,本该处于领先和主导地位的文学精神日益式微,这种趋势即使莫言获得诺贝尔奖也无法逆转"。(《府东,府西》)

偶尔，我会把她的人生之路作为自己的一个参照。曾经，我也有一些机会可以逃离，让自己跻身于起码比目前看来似乎更大的环境里去，而我总是选择退缩，直至缩得不能再缩，然后望洋兴叹，苟延残喘。偶尔去北京，当我路过长安街，看着周围鳞次栉比的高楼，特别是高楼门前悬挂的象征权力的白底黑字的森严门牌，我忽然意识到，我们原先一个并无差别的朋友，凭着自己的才情与努力，此刻居然真的会在此中某栋大楼里端坐办公，然后在办公之余挥洒文字，并让自己的文字与这个大城市契合起来，心里就有了一些骄傲与满足。你也许会笑我的虚妄，可我们写作的人，写作本身，乃至整个人生，不就是一场虚妄吗？

二〇一八年二月

女性日常经验的深邃表达
——关于艾丽丝·门罗的《逃离》

门罗小说中有一种沉静的气象,这种沉静在别的小说中并不多见。她笔下欢乐本就很少,即使悲痛和焦虑,写的也是那么蕴藉内敛。这种沉静,让人想到中国的一个成语:不卑不亢。她很少喧嚣、戏谑、自以为是、哗众取宠,就那么不疾不徐,娓娓道来——这是耐心,让人惊叹。慢慢地,一些惊心动魄的东西呈现在你眼前。

不能观察门罗小说的全貌,单从《逃离》的八个短篇来看,她小说的主人公全是女性。这些女人,全部背离所谓"女人是水做的"定义,在婚姻和貌似爱情,在现实和貌似理想的泥淖里挣扎。冰清玉洁、似水柔情、红袖添香这些词语,与她们无关。她们总被一些不明所以的力量主宰,在苦闷和希冀中活生生地活在属于她们,关键也属于我们的真实的世界里。这个世界，毫无夸张虚饰，正如《红与黑》卷上的题词："真实，严酷的真实"。

美国学者约翰·杜威言，艺术即经验。他进而说："艺术是经验的高度集中与被提炼加工的形式，是把经验材料提炼加工成贵重产品，是由日常世界、活动、痛苦经历所组成的经验的延续，是生动地再现人与环境相互作用的经验……"门罗以阅尽世事的敏锐和宽容，通过对女性日常经验的深邃挖掘和细腻表达，让这种真实变成一种颇具救赎性质的审美经验，并使之清晰地呈现在读者眼前。如果用一句话概括这些短篇，它们分别是：《逃离》（首篇与书名相同）讲了一个叫卡拉的家庭主妇厌倦婚姻生活出走又反悔的故事；《机缘》讲一个叫朱丽叶的女知识分子在火车上与一个已婚男人邂逅并最终委身于他；《匆匆》描述一个叫朱丽叶的已婚妇女回家省亲之中回忆往昔感受当下慨叹时光流逝物是人非（这篇小说中，她还提出了一个令人心痛的问题：家在何方？）；《沉寂》写的是一个叫朱丽叶的女人与女儿、丈夫以及丈夫死亡之后的几个男友之间的微妙关系；《侵犯》讲一个叫劳莲的姑娘为搞明白生身父母到底是谁的烦恼；《激情》讲一个叫格雷斯的女孩莫名其妙爱上了男友的哥哥，但与后者的爱也莫名其妙……

可以看出,《机缘》《匆匆》《沉寂》主人公相同,彼此之间有着关联,其实是讲了三代人的故事。一个长篇素材,门罗偏偏用三个短篇来表达,据说是她厌恶长篇小说结构的松散。撇开这些,我们纳闷的是,这么琐屑的事情,怎么会成就一篇好小说呢?门罗的高明就在于,她把这些故事发生发展的内力,归结于阴差阳错,归结于造物弄人,归结于我们通常所言的偶然性或者说宿命,这是她小说中的一个常见主题。于是喜剧效果产生了,悲剧也同时出现了。在这种悲喜的幕后,门罗其实是帮助她们寻找自己,寻找女人的生命定位。比如《播弄》,一个二十六岁叫若冰的亟待恋爱的姑娘终于靠着一种机缘恋爱了。短暂又令人着迷的温存之后,他们约好第二年见面。历经一年思念的煎熬,待得终于见面,男友却冷漠地推她出门。悲哀和羞辱自不必言,她的人生亦由此改变。多年之后,另外一个机缘才使她明白,第二次她见到的,是与男友长得一模一样的双胞胎聋哑人哥哥。她一生的幸福和梦幻,就这样错过了。

这些主题本就带有哲学意象,而门罗的深邃表达,更是令人过目难忘。结果,她的叙述,自然而然地成为一种思辨，又那么晶莹通透不着痕迹——她不像米兰·昆德拉那样，直接把问题摆到你的面前，搞得文学成了哲学。比如首篇《逃离》，卡拉与家庭断绝关系与克拉克私奔，但迎接她的生活是什么呢？——经济窘迫（"来练习骑马的客人一个都没有……"），克拉克冷漠乖戾（"她不管做什么都是做得不对的，不管说什么都是错的"）。因维持生计的需要，她到一个叫西尔维亚的人家里去帮工。为了提升性爱中的刺激度，或者说想讨好克拉克，她在床笫之欢时"编绘"了西尔维亚卧病在床的丈夫曾想勾引她——"所有的细节都很重要，而且每次都要添油加醋"。结果，她在婚姻生活中这么一丝怪异却美好的小初衷却成了克拉克准备敲诈西尔维亚的口实。她终于不能忍受，在西尔维亚的同情和帮助下离开了克拉克，但最终因对未来生活的茫然和不知所措又返回家中。这种不知所措，门罗是如何表述的呢？"在她正在逃离他的时候——也就是此刻——克拉克仍然在她的生活里占据着一个位置。可是等逃离告一结束，她自顾自往前走自己的路时，她又用什么来取代他的位置呢？又能有什么别的东西——别的人——能成为如此清晰鲜明的一个挑战呢？"虽然书名叫《逃离》，其实总是不得而逃，而上面这段话，深刻揭示了不得而逃的心理瘤疾。

在《沉寂》中，她如此描绘夫妻关系："按照埃里克的思路，客客气气总能恢复好感的吧，假装那就是爱情了，好歹也能蒙混下去，撑到爱情真能复苏的那一天——要是始终都复苏不了呢——那也只能这样了，埃里克反正是能这样凑合着过的。""凑合"二字，道出了婚姻中两性关系的本质。

在《播弄》里，门罗说："事情全都在一天里、在几分钟之内便被破坏了，而不是像这类事情往往会的那样，是经过反反复复、走走停停、希望与失望、漫长的拖延才彻底垮台的。"接着，她又说："若是果真好事难圆，那么痛痛快快地了断不是更易忍受吗？不过临到自己头上人是不会真的这样想的。"是啊，英雄才会刮骨疗伤，门罗的小说里，没有英雄。我们也不是英雄。

门罗小说里的女人很少有霸气，她们很少有改变世界的勇气，但也不是乐天知命的随遇而安，每个人似乎都尽可能在人生的夹缝中努力寻觅平衡与和谐，这是她面对男权世界的一种处世哲学，更能代表我们当下世界的一种真实。

她的小说中总有一些象征意义的东西。比如《逃离》中的白山羊（克拉克认为卡拉的出走与山羊的失踪有关系，便把山羊给"杀"掉了），《匆匆》中作为圣诞礼物送给父母的叫《我和村庄》的印刷图片（父母却并没有善待这幅图片），《播弄》中的绿裙子（说好第二年见面穿同一条裙子的，洗衣店却没能熨好），《侵犯》中粘在她睡裤上的蒺藜（越摘越多）。她常写到性爱，虽寥寥几笔，却可以看出她关于婚姻中"性"的认识，似乎比"爱"还要重要些，甚至成为婚姻最重要的基础。而她笔下的爱，又是如何的与众不同啊，仅《激情》中格雷斯与尼尔之间的爱，就够人费解的了：风花雪月只是点到为止，无穷无尽的疑惑已经覆面而来。

再说语言和结构。门罗的语言，多用犹疑的句子，"说不定""没准""也许"这样的词语在文中比比皆是。这种句子的效果是，她似乎消除了一个作者对文本的专断，始终以商量的口吻邀请读者与她共同做主。在结构上，她主要采取时空变换，将记忆和现实打碎重新组合。整个小说的展示与讲述，都是一种老老实实的态度，不炫技，不取巧。这样，她小说的主题、思想与文风相得益彰。任何一部文学作品，都是作者根据自己的认识，以必要的形式对读者的介入进行必要的控制。门罗靠这种独特的简单朴素和诚恳来打动读者。说到这里，不得不提到译者李文俊——翻开二〇一一年五月我写的一则博文，我这样写道："李文俊的翻译有一些大妈式的絮叨和温软。看似平淡无奇，实质意味深长"。也许，李文俊正是运用这种文笔来契合门罗的文风。所以，门罗当前在中国的影响，李文俊功不可没。

即使她的一些单句子，也会因那种带有悖论性质的深邃的真实产生一种奇异的力量。比如"是很快乐，就像持续生活在罪恶之中那样"，"倒不是吓得你险些魂不附体的恐怖，却是能从你血管的最狭窄处穿过去的那一种"。

门罗的小说，让人想到另外两个作家：舍伍德·安德森和雷蒙德·卡佛。他们笔下的主人公也都是小人物，从来没有做过惊天动地的事情，甚至连这种想法也没有，每天在惆怅、烦闷、厌倦、委顿、惶惶终日，不知如何面对老之将至。不同的是，安德森的小说，横在你面前的是一些晃动的影子，缥缥渺渺；卡佛的小说，横在你眼前的是一些坚硬的骨骼，触目惊心。而门罗的人物，却有血有肉。而且，由于她叙述得从容，反而让人物有了一种积极意义的恬淡与乐观。

海德格尔在《艺术作品的起源》中论述希腊神庙时说："建筑作品阒然无声地承受着席卷而来的猛烈风暴，

因此才证明了风暴本身的强力。岩石的璀璨光芒看来只是太阳的恩赐,然而它却使得白昼的光明、天空的辽阔、夜晚的幽暗显露出来。神庙的坚固的耸立使得不可见的大气空间昭然可睹了。作品的坚固性遥遥面对海潮的波涛起伏,由于它的泰然宁静才显出了海潮的凶猛。树木和草地,兀鹰和公牛,蛇和蟋蟀才进入它们突出鲜明的形象中,从而显示为它们所是的东西。"海德格尔的这段论述,让我们理解了艺术包括小说的努力方向。门罗的小说,即使比不得希腊神庙的巍然矗立,但起码她塑活了神庙里的一尊尊神。通过观摩这一尊尊雕像,一幅厚重又逼真的人生画卷展现在我们眼前。

二〇一三年十月

后　记

我最初写散文,后来写小说。慢慢地,把写小说当成了主业。但偶尔仍会写点散文,写散文的时候,心思比较纯净。散文需要正经,一是一,二是二,要把自己想表达的,按照实际发生的老实叙述出来。如果有想象,那也是基于实际合乎逻辑不越轨不跑偏老老实实的想象。美不美看才情,老不老实却看态度。为了这点老实,一可能只写成了零点八,二则可能一点五都达不到。小说则不然,它可以不正经,一非要写成一点五,二非要写成三点八,让读者从多出来的那部分找感觉。也许这还不够,最好写成的样子,让人根本忘了还有一和二这回事。

说到底,还是虚构与非虚构的分野。既然小说披上了虚构的外衣,有时需要剖开自己的时候,也就不惧残忍和羞耻,也就可以手狠心辣,一路挺进。弄好了,走顺了,还可以一路高歌，无非给主人公换个名字罢了。而散文，因为一个始终的明在的潜在的"我"字，作者为保持"我"之形象的一己私利，总喜欢抛弃所有乖戾暴虐丑陋，让它尽可能合乎中庸。所以，写散文更需要勇气，每一句话都是袒露，都是呈堂证供，需要经得起读者的对质。也有厉害的作家，敢于把自己血淋淋地剖给别人看。这种勇气，成就了他（她）作品的别种特质。所有这些，都说明一个问题，散文必须契合一个字——"真"——像表演走钢丝绳，所有的花哨，都得围绕那条绳子展开。

也许自己不够勇敢，也许还有小说的另一条途径，在散文中，除了自己一些可诉的经历和想法，我更喜欢写别人。于是，就有了《临时工陈钟》，有了《同学沈宽阔》，有了《生逝无依》《女教师》和《与老樊闲坐》。也写亲人，亲人虽说与自己牵连很多，到底仍旧是别人，于是又有了《母亲的市民之路》等。写这些东西，无须苦思冥想，让事实在纸上自然流淌就好了。

偏偏《母亲的市民之路》还获了一个奖。记得在去河北领奖的路上，组委会发来短信，让写一则获奖感言，我就在手机便签里一个字一个字地打。随后，又把一口晋城话，带到了领奖台上。当时我想，反正大家都听不懂，我就读快些,让它尽早结束。以至于下来后,著名散文家塞壬女士说我在台上像唱rap(说唱)。更意想不到,中国作家网总编刘秀娟女士,居然说我获奖感言写得好,专门要走了稿子。后来我看到,她发稿的时候,几乎全文予以引用。我不妨掐头去尾放在这里,可算作我的一种散文观,只不过听起来冠冕堂皇些:

……

我们处在一个极速运行的时代,日新月异的科技发展在给我们带来各种便捷的同时,也给我们带来巨大的生存压力和内心焦虑。竞争激烈,利益多元,欲望膨胀,变数迭现,呼啸前行的时代列车载着各种新鲜事物朝我们疾驰而来,让我们眼花缭乱,目不暇接。作为一个作家,我们应该有一双向内省视、往后反观的眼睛,来面对这个向外扩张、埋头狂奔的世界。我们要冷眼打量,悉心观察,条分缕析,抽丝剥茧,如庖丁解牛一般,从这个光怪陆离、纷繁芜杂的时代中找出那个所谓文学的核,然后用些文学的手段,去塑造、描摹关于人的鲜活的故事,让个人的命运与时代的命运交叉、汇合,发生碰撞,擦出火花,最终,把个人故事呈现为时代故事。

如何讲好这个故事,靠的是我们的见识和才情,靠的是文本的结构、叙述和语言。什么是好文章,每个作家有每个作家的标杆,每个作家有每个作家的修炼。我们每个人的努力,如果能到道路的终点或山峦的顶峰汇合,我认为可用"真善美"做最后的总括。"真"代表着逻辑,它是勇敢,是坦荡,是担当,是明辨是非当仁不让,是路见不平拔刀相助;"善"代表着伦理,它是情怀,是救赎,是宽恕,是博爱,是己欲立而立人,己欲达而达人,己所不欲勿施于人;"美"代表着美学,它是风姿,是趣味,是拈花微笑,是赏心悦目,是自爱与爱人,是读者与作者最直接的媒介。当今社会的糟糕之处,恰恰是这些最能滋养我们精神健康发展的东西受到了侵犯!所以,让文字最终以真善美的形象出现,我以为是一个作家最大的道德。让我们用我们的笔、我们的心介入这个时代,取法生活,随物赋形。最终,用我们的柔软填补这个时代的缝隙,让它变得更加美好!

……

这段话,除了上面说的"真",又说到了"善"与"美"。这些耳熟能详到让人不屑一顾的词,恰恰就是我认为的为文的最高准则。

许多朋友说,喜欢我的散文甚于小说。我回答,那是因为你喜欢简单。是的,我的散文很简单。我没说的是,我想努力在简单中氤氲出一些别的东西,至于做到了没有,很难说——在此,我再次感谢并欣喜于你们的喜欢!